Y
5780.
+C.

LE GEOLIER DE SOY-MESME,

COMEDIE.

Imprimé à ROVEN, *par L.* MAVRRY,

Pour

GVILLAVME DE LVYNES

Marchand Libraire à PARIS, au Palais,

dans la Salle des Merciers,

à la Iustice.

M. DC. LVI.

AVEC PRIVILEGE DV ROY.

A

SON ALTESSE

ROYALLE

MADEMOISELLE.

ADEMOISELLE,

Voicy vn Prince qui malgré les diuers interests qui l'obligent à tenir

ſa naiſſance cachée, ne peut ſe reſoudre à vous eſtre plus long-temps incognû, & qui va chercher auprés
de V. A. R. vne protection qu'elle
n'a iamais refuſée à perſonne. Elle
luy eſt d'autant plus neceſſaire qu'il
s'eſt toûjours veu trauerſé par de
fameux Concurrents, & ſi dans ce
qui regarde ſa fortune il a eu beſoin
de toute ſa valeur pour triompher de
l'vn, c'eſt par le glorieux appuy qu'il
eſpere de V. A. qu'il s'oſe promettre
d'établir aſſez fortemẽt ſa reputation
pour n'auoir rien à craindre de l'autre. Pour moy, quelque haute pré-
ſomption qu'il faſſe éclatter dans ce
projet, ie ne puis me repentir de luy
en auoir inſpiré la penſée, puiſque
la confiance du rang qu'il tient, l'au-
thoriſe en quelque façon à ne ſe croi

re pas tout à fait indigne d'vn si
grand Azile, il n'y peut recourir sans
porter en mesme temps à V. A. les
hommages respectueux de mon zele,
& qu'ainsi il me donne lieu de luy
rendre grace de la part de nos Muses
de cette obligeante bonté qui luy fait
honorer souuent d'vne audience si fauorable, ce qu'elles nous font produi-
re sur la Scene. C'est là sans doute
le couronnement de nos trauaux, c'est
là le prix le plus aduantageux dont
l'esperance puisse flatter nostre am-
bition, & côme V. A. a l'esprit infini-
ment éclairé, mais de ces belles &
viues lumieres qui ne luy permettent
pas de se laisser ny préoccuper ny
éblouïr dans le discernement des
bonnes & des mauuaises choses, nous
auons droit de croire que les Ouura-

ges qui ont parû deuant elle, sont di-
gnes de paroistre deuant toute la Terre, quand ils n'ont point eu le malheur de luy déplaire, & son appro-
bation n'est pas moins la marque la
plus asseurée de leur bonté, qu'elle
en fait la plus precieuse recompense.
Aussi quelques applaudissemens que
cette Comedie ait pû receuoir au
Theatre, ie ne laisse pas d'en tenir
encor le succez aussi douteux qu'imparfait, puisqu'il luy manque ce qui
peut donner à sa gloire un verita-
ble & solide éclat, & n'ayant rien
épargné pour la rendre la moins de-
fectueuse de celles qui me sont échap-
pées jusqu'icy, j'aduouë que ie n'ay
pû me défendre d'vn sentiment secret
d'amour propre, qui m'a fait éleuer
mes desirs jusqu'à vouloir chercher

dans le *suffrage illuftre de Voftre
Alteffe*, *l'acheuement de fa bonne fortune*. Ce n'eft pas que ie fois affez
vain pour pretendre le pouuoir meriter, mais fi la nouueauté d'vn fujet
tout extraordinaire, & ce mélange
affez peu commun de plaifant & de
ferieux, à qui le Public n'a pû refu-
fer fes acclamations, ont des charmes
trop foibles pour faire en ma faueur
aucune furprife à fon efprit, j'ofe attendre de fa generofité qu'elle ne dé-
daignera pas de receuoir auec indul-
gence, ce que ie luy prefente auec refpect, & que fi les defauts de cet Ouurage luy font condamner d'abord la
temerité de mon entreprife, elle en
trouuera l'excufe dans l'impatiente
ardeur que j'ay euë de faire au moins
mes efforts pour contribuer quelque

chose au diuertiſſement d'vne des plus grandes Princeſſes de l'Europe. Ce ſont mes vœux les plus paſſionnez, & s'ils me laiſſent encor quelque choſe à ſouhaiter, ce ne peut eſtre que la permiſſion de me dire,

MADEMOISELLE,

De V. A. R.

Le tres-humble & tres
obeïſſant ſeruiteur,
T. CORNEILLE

Extrait du Priuilege du Roy.

PAr grace & Priuilege du Roy, donné à Paris le 3 Avril 1656, il eſt permis à Guillaume de Luynes Marchand Libraire à Paris, d'imprimer vne Piece de Theatre, de la compoſition du Sieur Corneille, intitulée *Le Geolier de ſoy-meſme* : Et deffences ſont faites à tous autres de l'imprimer, vendre, ny debiter, d'autre impreſſion que celle dudit Expoſant, à peine de deux mil liures d'amende, confiſcation des Exemplaires, & de tous dépens, dommages & intereſts, comme il eſt plus amplement porté par leſdites Lettres.

Et ledit de Luynes a aſſocié audit Priuilege Auguſtin Courbé Marchand Libraire à Paris, pour en joüir ſuiuant l'accord fait entre eux.

Acheué d'imprimer le 28 *Avril* 1656, *à Roüen, par* L A V R E N S   M A V R R Y.

Les Exemplaires ont eſté fournis.

Regiſtré ſur le Liure de la Communauté le 15 *Avril* 1656, *ſuiuant l'Arreſt du Parlement du* 9 *Avril* 1653.

ACTEVRS.

LE ROY	de Naples.
FEDERIC,	Prince de Sicile.
EDOVARD,	Infant de Sicile.
LAVRE,	Princeſſe de Naples.
ISABELLE,	Princeſſe de Salerne.
IVLIE,	Confidente de Laure.
FLORE,	Confidente d'Iſabelle.
OCTAVE,	Eſcuyer de Federic.
ENRIQVE, SANCHE,	Officiers du Roy de Naples.
ALFONSE,	Domeſtique d'Iſabelle.
IODELET.	
PASCAL.	
SOLDATS.	

LE GEOLIER DE SOY-MESME,
COMEDIE.

ACTE I.

SCENE PREMIERE.

FEDERIC, OCTAVE.

FEDERIC.

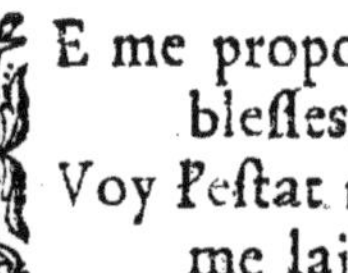

E me propose point de nouuelles foi-
blesses,
Voy l'estat malheureux, Octaue, où tu
me laisses,
Voy-moy par tes conseils qui flatent mes ennuis
Sous cet habillement cacher ce que ie suis.
C'est assez que par eux oubliant sa naissance
Vn Prince à sa vertu fait cette violence,

A

Et qu'il s'ose abaisser , pour ménager son sang,
Iusqu'à se dérober à l'éclat de son rang.
Car enfin cet habit dont tu fais mon azile
Laisse-t'il voir en moy l'heritier de Sicile,
Et sans suite en ce bois , bien moins Prince qu'A-
mant,
Cognois-tu Federic dans ce déguisement?
                O C T A V E.
Seigneur, ce faux habit éloigne la tempeste
Dont le coup impréueu menaçoit vostre teste;
Mais craignez du Destin les reuers éclatans,
Songez qu'vn Prince a peine à se cacher long-
temps,
Et que de sa grandeur le brillant caractere
A parlé mille fois de ce qu'il vouloit taire.
Auant qu'il vous trahisse abandonnez ces lieux,
Où Rodolphe tué vous doit rendre odieux,
Par vous l'Estat priué d'vn conquerant si braue…
                F E D E R I C.
Le sort en est jetté, c'est perdre temps, Octaue.
Ie sçay que cette mort qui rompt ce grád Tournoy,
Arme contre mes iours la colere du Roy,
Ie sçay qu'à la vanger tout l'Estat s'interesse;
Mais aussi, tu le sçais, j'adore la Princesse,
Et cette passion me fait voir sans effroy
L'interest de l'Estat, & le couroux du Roy.
                O C T A V E.
Seigneur, à quels perils exposer vostre vie?
                F E D E R I C.
Il faut les affronter, l'honneur nous y conuie.
Osons pour la Princesse, osons nous exposer
A quoy que le Destin contre nous puisse oser,
Qu'vn bel effort luy prouue vne ardeur peu com-
mune,
Et laissons faire apres l'Amour & la Fortune;

Mais d'vne vaine peur ie te vois préuenu,
Mon visage en ces lieux ne fut iamais cognû,
Cet habit du Tournoy, ces plumes, & ces armes
Dont l'éclat remarqué te causoit tant d'alarmes,
Et qui pour m'accuser sembloient autant de voix,
Tu m'as tout veu laisser au milieu de ce bois :
En faueur de ma flame,& contre mon enuie
L'amour m'a sçeu forcer à ce soin de ma vie,
Mais s'il faut y perir, il est iuste à mon tour
De donner cette vie au soin de mon amour.

        OCTAVE.

Quel est vostre dessein ?

        FEDERIC.

              Seul en cet équipage
Ie pretens m'arrester dans le prochain village,
Aussi-bien mon cheual mort tout à coup sous moy,
Par vn nouueau malheur m'impose cette loy.
Dans Naples cependant va voir ce qui se passe,
Voy quel espoir encor m'y souffre ma disgrace,
Obserue ma Princesse, & si quelque mépris...

        OCTAVE.

Seigneur, j'entens du bruit, gardez d'estre surpris.

        FEDERIC.

Quelqu'vn marche en effet, & si ie ne m'abuse,
Assez proche de nous j'oys vne voix confuse.
Dans vn lieu plus secret viens songer auec moy
Aux moyens d'éuiter les poursuites du Roy.

SCENE II.

ISABELLE, FLORE.

FLORE.

OVy, Madame, il est vray que vostre solitude
En cette occasion me paroist assez rude ;
Ma gloire est de vous voir, & de vous obeïr,
Mais ie sens ma foiblesse en secret vous trahir,
Et songeant au Tournoy que tant de pompe or-
    donne,
Pour voler à la Cour mon cœur vous abandonne.

ISABELLE.

La curiosité bornant ta trahison,
I'en prens sur moy le crime, & ie m'en fais raison
Ie sçay qu'il est fâcheux à celles de nostre âge
D'abandonner la Cour pour vn lieu si sauuage,
Et que dans cet exil nous trouuons rarement
Dequoy nous consoler de son éloignement :
Mais si tu cognoissois combien vn bon courage
Des caprices d'autruy fuit l'indigne esclauage,
Et dans quel triste sort nous jettent quelquefois
D'vn frere imperieux les tyranniques loix ;
Alors tu conceurois qu'on se resout sans peine
A quitter ce qui plaist, quand on fuit ce qui gêne,
Et que la solitude a dequoy m'arrester,
Puisqu'elle m'oste vn joug si fâcheux à porter.

FLORE.

Il est vray que l'humeur du Prince de Salerne…

ISABELLE.

Dy que son sens aueugle est ce qui le gouuerne,

Que d'vn droit que le Ciel semble auoir limité
Son seul emportement regle l'authorité,
Et que par vn destin à mes vœux trop contraire
Ie rencontre vn tyran où ie dois voir vn frere.
Ce n'est pas que cent fois il n'ait auec éclat
Signalé sa valeur au secours de l'Estat,
On l'estime, & le Roy creut toûjours inutile
D'opposer d'autres bras aux forces de Sicile,
C'est par luy que son sçeptre en ses mains affermy
Semble aujourd'huy brauer vn puissant ennemy;
Mais ce farouche amas d'vne vertu guerriere,
Bien loin de l'adoucir, rend son humeur plus fiere,
Et tu sçais, pour en fuir le caprice odieux,
Qu'enfin j'ay demandé ma retraite en ces lieux.
Icy depuis six mois dans vne paix profonde
Ie ris des embarras que se fait le grand Monde,
Et sur tout de ce bois l'agreable sejour
Passe tous les faux biens que l'on vante à la Cour.

FLORE.

A son trouble inquiet ce calme est preferable,
Mais si ma liberté vous semble pardonnable,
Madame, j'oserois vous demander pourquoy
Vous ne vous trouuez point à ce fameux Tournoy.
Ce superbe appareil de chars, d'habits, & d'ar-
    mes,
Meritoit de s'y voir honoré de vos charmes,
Et vous deuiez forcer vostre iuste couroux
En faueur d'vn spectacle assez rare pour nous.

ISABELLE.

L'indignité soufferte est vn puissant obstacle
A cette vaine soif des pompes d'vn spectacle.
Icy ie vis sans trouble auecque mes desirs,
Ie gouste icy par tout de solides plaisirs,
Et Naples aujourd'huy dans sa magnificence
Cede aux charmes secrets de ce profond silence.

A iij

Mais enfin ie pardonne à ton propre interest
Qui suit ta passion , & non ce qui me plaist,
Et pour la contenter, comme ie m'interesse
Aux honneurs qu'aujourd'huy l'on rend à la Prin-
  cesse,
Trois ou quatre des miens enuoyez tout exprés
Nous en feront sçauoir les superbes apprests :
Ce recit pourra plaire à ton inquietude.
Mais qui nous vient troubler dans nostre solitude?

SCENE III.

FEDERIC, ISABELLE, FLORE

FEDERIC.

Adame, pardonnez vn abord indiscret
Qui de vostre entretien a rompu le secret,
Accablé sous le faix d'vne infortune extrême,
Persecuté du Sort, odieux à moy-mesme,
Ie cherche où terminer mes pas trop incertains,
Pour mettre ma douleur en de fidelles mains ;
Si pourtant dans l'excez du malheur qui m'op-
  presse,
Chercher quelque secours n'est pas vne foiblesse.

ISABELLE.

Malheureux Incognû , si ma compassion
Peut seruir de remede à vostre affliction,
Et borner de vos pas les courses incertaines,
Soyez seur que déja ie prens part à vos peines ;
Mais pour les soulager, peut-on sçauoir de vous
De quel fâcheux destin vous ressentez les coups?

FEDERIC.

Helas ! faut-il icy que ma trifte memoire
Vous retrace vn tableau de ma premiere gloire,
Et qu'elle reprefente à mon efpoir confus
L'ineftimable prix d'vn bien que ie n'ay plus ?
Dans ce noble trafic des chofes les plus rares
Que forme la Nature aux lieux les plus barbares,
De Pierres, de Ioyaux, Perles, & Diamants
Ie bornay mon employ dés mes plus jeunes ans,
Et iamais la Fortune auec plus d'abondance
D'vn cœur ambitieux ne flata l'efperance.
Tout rit à mes fouhaits, & fans de grands efforts
I'acquiers en peu de temps de fi riches trefors
Que leur poffeffion, qu'vn bon Aftre me donne,
Valoit prefque à mes yeux l'efpoir d'vne Couronne:
Mais las ! tant de trefors, & fans peine amaffez,
A mes boüillans defirs ne furent point affez,
L'appas d'vn plus grand bien ayant fçeu me fur-
　　prendre,
L'ardeur de l'acquerir me fait tout entreprendre,
Et le bruit épandu de ce pompeux Tournoy
En impofe à mon cœur l'ambitieufe loy.
Pour n'eftre point cognû, ie pars feul & fans fuite,
A mon heureux deftin ie remets ma conduite,
Et l'efpoir d'vn grand gain m'attirant en ces lieux,
Tout ce que j'ay de rare ou de plus precieux,
Sans regarder à quoy ma paffion m'engage,
Ie l'expofe fans crainte aux perils du voyage.
I'arriue cependant, tout répond à mes vœux,
Ie vends, trafique, efchange, obtiens ce que ie
　　veux,
Et riche de nouueau d'vn trefor adorable,
A ma felicité rien n'eftoit comparable,
Quand furpris au retour de voleurs en ce bois
I'éprouue du Deftin les ordinaires loix,

Et vois auec douleur ma fortune afferuie
A quitter tout mon bien pour conferuer ma vie.
Dure neceffité , deuois-ie t'obeïr,
Et lâche en ce befoin moy-mefme me trahir !
Seul contr'eux, il falloit repouffer cet outrage,
Et fi ma refiftance euft animé leur rage,
Du moins j'aurois laué dans mon fang répandu
La honte de furuiure au bien que j'ay perdu.

ISABELLE.

Où la défaite eft feure, & la mort infaillible,
Le courage eft blâmable autant qu'il eft nuifible,
Iamais fous les malheurs vn grand cœur ne s'abat,
Et c'eft d'où la vertu tire le plus d'éclat.
Mais auec tant de foin on peut fuiure les traces
De ces lâches autheurs de tant d'autres difgraces,
Que fi ce dur reuers d'vn fort injurieux
Vous permet de fouffrir le fejour de ces lieux,
Peut-eftre y verrez-vous vne heureufe pourfuite
Par mes ordres donnez mettre obftacle à leur fuite,
Icy tout m'obeït, & fous l'adueu du Roy
Ce grand chafteau voifin ne dépend que de moy.
Ainfi vous en pouuez accepter la retraite.

FEDERIC.

Cet offre eft vn doux charme à ma peine fecrette,
Et ie ne puis affez eftimer vn fejour
Qui m'éloigne des lieux où j'ay receu le iour,
Ma difgrace fans doute y croiftroit par ma honte.

FLORE.

Madame , Alfonce arriue & vient vous rendre
    conte....

SCENE IV.

FEDERIC, ISABELLE, ALFONCE, FLORE.

ISABELLE.

TOn retour me surprend estant inopiné,
Quoy! le Tournoy déja seroit-il terminé?

ALFONCE.

Madame, c'en est fait.

ISABELLE.

Quelle est cette tristesse?
Rodolphe a-t'il trahy l'honneur de la Princesse?
S'est-il trahy luy-mesme, & souffrant vn vain-
queur,
Dans cette occasion a-t'il manqué de cœur?

ALFONCE.

Au contraire, jamais auec tant d'auantage
On ne vit éclater l'ardeur d'vn grand courage,
Mais....

ISABELLE.

Pourquoy t'arrester? qui te rend interdit?
Dy-moy l'ordre de tout, j'en attends le recit.

FEDERIC *bas.*

On va parler de moy.

ALFONCE.

Déja tout plein de gloire
Sur trois Riuaux Rodolphe estendoit sa victoire,
Quand on voit dans la lice entrer vn combatant,
Dont le riche équipage & l'habit éclatant

Attirant les regards de l'assemblée entiere,
Semble marquer vne ame aussi haute que fiere.
Le Prince auec dédain regarde ce Riual,
Il s'appreste à le vaincre, on donne le signal,
Ils partent, & tous deux pleins de cœur & d'adresse
Fournissent leur carriere auec tant de vistesse,
Qu'à les voir arrestez, on a peine à juger
S'ils ont gardé leur poste, ou s'ils l'ont sçeu changer.
L'incognû s'en émeut, il recule, il s'estonne,
Le Prince à son grãd cœur tout entier s'abandonne,
Il pousse, aduance, presse auec tant de vigueur,
Qu'auãt qu'il ait vaincu, chacun le croit vainqueur,
Son ennemy luy-mesme aide à cette croyance,
Son cheual est blessé, luy presque sans défence,
Quand ce lâche destin qui l'auoit épargné
Laisse tomber Rodolphe en son sang tout baigné.

                    ISABELLE.
O Dieux, mon frere est mort !
                    FEDERIC.
                        Qu'ay-ie entendu? son frere?
                    FLORE.
Madame...
                    ISABELLE.
                C'est en vain qu'on me le voudroit taire,
Si de quelque douceur ie puis gouster l'appas,
Ie ne la dois chercher qu'à vanger son trépas,
Car enfin il est pris, on sçait quel est le traistre.
                    ALFONCE.
Pendant vn si grand trouble il a sçeu disparoistre,
Mais son cheual blessé, quoy qu'il l'ait bien seruy,
Le liurera bien-tost à ceux qui l'ont suiuy.
                    ISABELLE.
Que d'orages subits troublent nostre bonace !
                    à Federic.
O vous, dont maintenant ie plaignois la disgrace,

Voyez que du Destin l'implacable couroux
Esclate sur les Grands aussi-bien que sur vous.
FLORE.
Madame, si iamais...
ISABELLE.
        Ton discours m'importune,
Retournons au Chasteau pleurer mon infortune.
FEDERIC.
Quel bizarre malheur renuerse mes desseins !
Fuyant mes ennemis, ie me mets en leurs mains,
Suiuons-la toutefois de peur qu'on me soupçonne,
Mon visage aussi-bien n'est cognû de personne,
Et souuent c'est l'effet des caprices du Sort
Qu'au milieu des écueils on rencontre le port.

SCENE V.
IODELET, PASCAL.

IODELET *auec vn superbe habit & le heaume & le casque en teste.*

HOla, Nymphes, hola; mes cris ne seruent
    gueres,
Et j'apostrophe en vain ces Nymphes bocageres,
Mes hola redoublez leur font doubler le pas.
PASCAL.
Pourquoy les appeller ? tu ne les cognois pas.
IODELET.
Qu'importe ? puisqu'au nez me rit Dame For-
    tune,
Ie brûle du desir d'en haranguer quelqu'yne.

Donzelle aux yeux brillans, (luy diray-ie d'vn ton
A fendre de pitié le plus dur hoqueton,)
Ie viens icy te rendre & la cape & l'épée,
Car mon ame d'amour est toute constipée,
Tu m'as mis dans les fers, tu m'as mis dans les feux,
Et deussay-ie enrager, i'en mourray si tu veux,
Mais ie te croy d'humeur à tout mettre en vsage,
Pour empescher ma mort, de peur que ie n'enrage.
Auec mes beaux habits & ce poly jargon,
Crois-tu que la plus belle ose me dire, non ?

PASCAL.

C'est bien jasé ; pour peu qu'à Naples on t'arreste,
Tu t'y ferois cognoistre aussi bien qu'à Gayette.

IODELET.

Gayette est mon païs, & chacun m'y cognoit...

PASCAL.

Pour vn extrauagant que l'on y montre au doigt.

IODELET.

Mon pere....

PASCAL.

Laissons-là ta genealogie,
Ton nom est Iodelet, ton employ ta folie.

IODELET.

N'y suis-ie pas Marquis?

PASCAL.

On t'y donne en effet
Le ridicule nom du Marquis Iodelet,
Parce que tu fais rire, on te caresse, on t'aime;
Pauure fou !

IODELET.

Par ma foy, tu n'es qu'vn fou toy-mesme
Va va, j'ay trop d'esprit pour me laisser duper;
Ie me fis l'autre iour encor horoscoper,
Et j'appris que bien-tost, si l'effet suit la cause,
Le Marquisat pour moy sera bien peu de chose.

PASCAL

PASCAL.
Si l'effet suit la cause, il est à presumer
Qu'auant qu'il soit vn mois il faudra t'enfermer.
IODELET.
Au diable l'ignorant.
PASCAL.
Au diable soit la beste,
Sçais-tu bien qu'aujourd'huy l'on cômence la feste?
IODELET.
Ouy dea, ie le sçay bien, & j'y pretens jouster.
PASCAL.
Reprens donc tes habits pour ne plus t'arrester,
I'ay haste.
IODELET.
Cours deuant; pour pareilles affaires,
Vn homme tel que moy ne s'incommode gueres.
PASCAL.
O l'homme d'importance!
IODELET.
On en doit faire estat,
Puisqu'on me voit déja narguer le Marquisat.
Suiuant des grands Guerriers les traces si vantées,
Ie suis le Cheualier aux armes enchantées.
PASCAL.
C'est donc enchantement que d'auoir en ce bois
Trouué cet équipage & ce riche harnois?
IODELET.
Ouy, c'est enchantement, & de plus bon augure
Que ie suis menacé d'vne grande aduanture.
PASCAL.
L'aduanture sera le destin des filoux,
Te voyant ces habits, on te roüera de coups.
Remets-les en leur place, autrement ie te quitte.
IODELET.
Quitte-moy si tu veux, la menace est petite,

B

Aussi bien à present que ie suis Cheualier
Ie ne te voudrois plus que pour mon Escuyer.
P A S C A L.
Ie parle tout de bon.
I O D E L E T.
       Ie répons tout de mesme.
P A S C A L.
Tu pretens les garder ?
I O D E L E T.
       Encor plus d'vn Caresme.
P A S C A L.
A Dieu donc, j'aime mieux aller seul au Tournoy
Que me mettre au hazard qu'on m'étrille auec toy.
I O D E L E T *seul.*
C'est faire sagement apres tout ; il peut-estre
Que cet habit trouué ne manque point de maistre,
Et si quelqu'vn venoit m'en demander raison,
Parler d'enchantement seroit peu de saison,
Que dirois-je ? ma foy, c'est vn triste aduantage
Que d'estre bien armé, si l'on n'a du courage.
Or sus examinons vn peu les accidents
Qui peuuent m'arriuer malgré toutes mes dents,
Songeons aux questions que l'on me pourroit faire.
Vostre équipage est beau. Ie le sçay bien compere.
Il vous sied à rauir. Ie l'ay fait faire exprés.
Il vous couste beaucoup ? Ie prens peu garde aux frais,
Quel en est l'ouurier ? Il vient de Moscouie.
Vous le portez souuent ? Quand il m'en prend enuie,
Vous allez au Tournoy ? Nous y prendrons party.
Vous venez ? D'assez loin. *D'où ?* D'où ie suis
    party.
Bon, apres cet essay, pour peu que ie m'applique,
Aux plus questionnans ie puis faire la nique.
Mais n'apperçois-ie point de fort vilaines gens
Plus terribles cent fois que records de Sergens ?

Ils sont trois, c'en est fait, ie vais estre leur proye,
Si ces arbres toufus n'empeschent qu'on me voye.

SCENE VI.
ENRIQVE, SOLDATS.

ENRIQVE.

CE fortuné rencontre en est vn seur témoin,
Amis, prenons courage, il ne peut estre loin.
Son cheual trouué mort dans cette étroite route,
Luy manquant au besoin, l'arreste icy sans doute;
Il doit estre en ce bois, & vous pouuez iuger
Si pour l'heur de sa prise on doit rien negliger.

SOLDAT.
Ie sçay que l'arrester quand il faut qu'il perisse,
C'est rendre à tout l'Estat vn signalé seruice.
Mais prenons garde aussi de nous en voir surpris,
Ie préuoy qu'il mettra sa défaite à haut prix,
Et que ce fier Lyon que nous voulons surprendre
Répandra bien du sang auant que de se rendre,
Le vainqueur de Rodolphe est à craindre pour
    nous.

ENRIQVE.
Et bien j'en essuyeray moy seul les premiers coups.
Vous autres seulement secondez mon courage:
Mais que viens-ie d'oüir dans ce prochain fueil-
    lage ?

B ij

SCENE VII.

ENRIQVE, IODELET, SOLDATS

ENRIQVE.

Qvi va-là?
IODELET.
La vilaine enqueste que voila,
I'auois réponce à tout horsmis à qui va-là.
Mais st.
ENRIQVE.
Amis, il faut découurir ce mystere,
Quelqu'vn icy se cache & s'obstine à se taire.
IODELET.
Ah ! ie suis découuert. Qu'ils me vont estriller,
Si ie ne m'enhardis vn peu de babiller !
Faisons donc le mauuais;
Il commence à se montrer l'épée à la main.
Le premier qui s'aduan[ce]
Par la mort, dans son sang... Ils ont peur que[ ]
pense.
Ils s'arrestent de loin à me considerer,
Ils parlent bas entr'eux. Il faut encor jurer.
Ventre, si l'on m'approche...
ENRIQVE *aux Soldats.*
Vsons de stratagême,
Il n'en faut point douter, en effet c'est luy-mes[me]
Ces armes, cet habit nous le disent assez.
Nous ne sommes rien moins que ce que v[ous]
Pourquoy nous menacer ?   (pen[

IODELET.

Ils tremblent. Par la teste,
Qui ne rengainera, sa mort est toute preste.

ENRIQVE.

Nous voila sans deffence à vos ordres soûmis,
Prests à vous secourir contre vos ennemis.

IODELET.

Quoy, vous ne pretendiez me faire aucune iniure ?

ENRIQVE.

Voyez nostre franchise, elle vous en asseure.

IODELET.

Et vous n'auriez dans l'ame aucun mauuais dessein?

ENRIQVE.

Au contraire.

IODELET.

Ainsi donc ie tempestois en vain ?

ENRIQVE.

Nous en sommes surpris.

IODELET *remettant son épée au fourreau,*
& s'approchant d'eux.

Mettez vous hors de peine,
Voicy le holà mis à mon humeur hautaine,
Il faut vn peu cognoistre auant que d'estre amy.

ENRIQVE *luy saisissant l'épée.*

Vous ne nous cognoissiez encore qu'à demy,
Il faut rendre l'épée.

IODELET.

Ah, canaille maudite !

ENRIQVE.

Nous quereller encor !

IODELET.

Et bien non, quitte à quitte,
Ie ne fus iamais moins d'humeur à quereller,
Prenez mes beaux habits & me laissez aller.

ENRIQVE.

Non non, il faut marcher.

IODELET.

Ie suis prest à les rendre.

ENRIQVE.

Allons, c'est trop, allons.

IODELET.

Où ?

ENRIQVE.

Vous pourrez l'apprendre.

Fin du premier Acte.

ACTE II.

SCENE PREMIERE.

LAVRE, IVLIE.

IVLIE.

Madame, épargnez vous ces nouueaux déplaisirs,
Donnez quelque relâche à ces profonds soûpirs,
Nommer à tous momens la Fortune cruelle,
C'est prendre trop de part au malheur d'Isabelle,
Et pour moy ie veux mal au zele officieux
Qui pour la consoler vous améne en ces lieux.
Au pitoyable objet d'vne sœur affligée,
Dás vn plus noir chagrin vostre ame s'est plongée,
Mais enfin cette mort qui fait couler ses pleurs
N'exige pas de vous de si viues douleurs,
La perte est differente, & dans vn sort contraire
L'amant le plus chery nous touche moins qu'vn fre- (re.

LAVRE.

Ah, que tu juges mal de mon cruel ennuy
Si tu l'oses regler sur les larmes d'autruy,
Et que tu cognois peu quelle est la difference
Des profonds déplaisirs à ceux de bienseance!

Pour peindre vn faux ennuy par de viues couleurs
La Nature fouuent fait vn amas de pleurs,
Noftre abord les excite, & ces pleurs fe déployent
Moins pour celuy qu'on perd, que pour ceux qui les
          voyent;
Car enfin qu'Ifabelle ait recours aux foûpirs,
Peut-elle ouurir fon ame à de vrais déplaifirs?
Rodolphe, à qui le fang l'auoit dû rendre chere,
Deuenant fon tyran, ceffa d'eftre fon frere,
Non qu'elle fe difpenfe à fe trop moderer,
Elle pleure fa mort, mais ce n'eft que pleurer,
Et tout fon defefpoir laiffe voir dans fa plainte
L'effort étudié d'vne douleur contrainte.

IVLIE.

Prenez mefme pouuoir fur vous à voftre tour,
La Nature fe taift, faites taire l'amour.
Ie fçay que voftre cœur auec raifon foûpire,
Que les foins de Rodolphe …

LAVRE.

                    Ah! que m'ofes-tu dire
IVLIE.

Si voftre mal redouble …

LAVRE.

                    Helas, Iulie, helas,
Mon mal eft fi caché qu'on ne le cognoift pas.

IVLIE.

I'en croy la mort du Prince eftre la feule caufe.

LAVRE.

Ouy, cette mort fans doute à mille maux m'expofe

IVLIE.

Comme dans la vengeance on trouue des douceurs
Qui de nos plus grands maux appaifent les ri-
          gueurs,
Le fang de l'affaffin vous pourra fatisfaire,
On le pourfuit, le traiftre, & dans peu l'on efpere

LAVRE.

Ah! c'eſt-là mon tourment, arreſte, car enfin
Ce traiſtre qu'on pourſuit, ce cruel aſſaſſin,
Par le charme ſecret d'vn pouuoir que j'ignore,
C'eſt luy qui fait ma peine; en vn mot, ie l'adore.

IVLIE.

Madame, pardonnez ſi mon zele indiſcret…

LAVRE.

Pour t'en punir, Iulie, écoute mon ſecret,
Eſcoute ma foibleſſe. Il te ſouuient peut-eſtre
D'vn Peintre qu'à la Cour moy ſeule ay pû cognoî-
Entre pluſieurs tableaux d'vn trauail curieux   (tre.
Qu'vn iour cet Eſtranger vint offrir à mes yeux,
I'en ſçeus remarquer vn dont la riche bordure
Releuoit hautement l'éclat de la peinture.
I'en conſiderois l'ordre, alors qu'au premier trait
I'apperceus tout à coup que c'eſtoit mon portrait.
Ie regarde le Peintre, & luy preſque immobile,
Ie le tiens, me dit-il, *du Prince de Sicile.*
Portrait, vnique obiet de mes plus chers deſirs,
(A dit ce triſte Prince auec mille ſoûpirs,)
Puiſque la guerre ouuerte entre nos deux Couronnes
Fait viure ſans eſpoir l'amour que tu me donnes,
Va, retourne à ta ſource, & ceſſe chaque iour
Par ton appas flatteur d'irriter mon amour.
Alors il me le donne, & ſon ordre m'engagé
A venir dans vos mains remettre ce cher gage,
Au moins le Sort pour luy n'auroit plus de rigueur
S'il croyoit que ſa veuë euſt émeu voſtre cœur,
Ie vous le laiſſe : Adieu, Madame. Il ſe retire,
Et s'éloignant de moy ie l'entens qui ſoûpire.
Ie reuoy ce portrait, mais las! au lieu du mien
Ce Peintre déguiſé m'auoit laiſſé le ſien,
Et ie recognoy trop au trouble qu'il me cauſe,
Que le Peintre & le Prince eſtoiét la meſme choſe.

Que te diray-ie enfin ? depuis ce trifte iour
En fecret il m'aima , ie fouffris fon amour,
Il me la jura vraye , & j'en receus pour gage
Tout ce que pût iamais promettre vn grand coura-
Le refte , tu le fçais ; Rodolphe ambitieux   (ge.
Voulant dans vn Tournoy triompher à mes yeux,
S'eft veu par Federic trop jaloux de ma gloire
Arracher d'vn feul coup la vie & la victoire.
Helas , où me reduit ce funefte reüers !
S'il eft pris, il eft mort , & s'il fuit , ie le pers,
Mon amour le retient & ma crainte le chaffe,
En ce fâcheux eftat juge de ma difgrace.

I V L I E.

Madame , ie vous plains, & trouue en ce malheur
Dequoy juftifier la plus viue douleur.
L'vn & l'autre deftin vous donne lieu de craindre,
Et dans l'vn & dans l'autre il faudra vous con-
      traindre,
A vos triftes foûpirs permettre peu d'éclat,
Donner voftre chagrin au befoin de l'Eftat,
Et vous mefme vne fois à vous mefme infidelle...
Mais le Roy vient.

SCENE II.

LE ROY, LAVRE, IVLIE.

LE ROY.

Apprens vne heureufe nouuelle,
Ma fille , enfin le Ciel propice à mes defirs,
D'vn efpoir affez doux flatte nos déplaifirs,

L'affaſſin ſe dérobe en vain à ma vangeance,
Nous en aurons bien-toſt l'entiere cognoiſſance,
Vn des ſiens arreſté nous va tout découurir.

LAVRE.

Enfin, Iulie, il faut s'appreſter à ſouffrir.

LE ROY.

Sçachant quel intereſt ton amour y doit prendre,
Ie n'ay voulu ſans toy, ny le voir ny l'entendre,
Tu ſçauras mieux que moy penetrer dans ſon cœur,
Les deſſeins criminels d'vn inſolent vainqueur.

LAVRE.

Ah, que l'occaſion ne me fuſt elle offerte
De ſauuer vn Amant dont ie pleure la perte !
Auec quelle chaleur ſuiurois-ie mon tranſport
S'il pouuoit arreſter l'iniuſtice du ſort ?
Mais en vain ie me flate, & quoy qu'il en aduienne...

LE ROY.

N'accrois point ma douleur en me montrant la
    tienne,
Et ne l'écoute plus que pour te ſouuenir,
Que Rodolphe nous laiſſe vn coupable à punir.
C'eſt à quoy d'autant plus moy-meſme ie m'anime,
Qu'vn grand trouble s'appreſte à ſuiure ce grand
    crime,
Et que nos ennemis préuenant nos efforts,
Auec toute leur flotte ont paru ſur nos bords.
Ie les croy déja voir apres noſtre diſgrace
D'vn inuincible orgueil ſoûtenir leur audace,
Et croire contre nous pouuoir tout aujourd'huy,
Voyant l'Eſtat priué de ſon plus ferme appuy.

LAVRE.

Si vous vous alarmez des forces de Sicile,
Qu'on propoſe la paix, elle ſera facile,
Cent fois ils l'ont offerte, & voulu terminer
Tous ces vieux differents qui vous font obſtiner,

Vous seul écoutant trop vn desir de vangeance ...
LE ROY.
Voyons le Prisonnier, le voicy qui s'aduance.
LAVRE.
Iuste Ciel ! c'est Octaue.

SCENE III.

LE ROY, LAVRE, OCTAVE, SANCHE
& autres gardes d'Octaue, IVLIE.

OCTAVE *à Laure, bas.*

A H, Madame.
LAVRE *au Roy.*
Ah Seigneur,
Quel trouble à son aspect s'est saisi de mon cœur !
Pardonnez ce desordre à ma douleur extréme,
A peine en cet estat me cognois-ie moy mesme.
LE ROY.
Approche, & crains vn Roy qu'on ne peut abuser,
Ta seureté consiste à ne rien déguiser,
Parle, quel est ce traistre ennemy de sa gloire
Qui par la mort d'vn Prince a soüillé sa victoire,
Apprens-nous ses desseins, & force ma bonté
A donner ton pardon à ta sincerité.
OCTAVE.
Sire, si le malheur doit passer pour vn crime,
Vostre couroux est iuste & ma mort legitime,
Puisqu'enfin attiré d'vn desir curieux
Ie venois admirer la pompe de ces lieux,

Quand de mon mauuais fort la fatale injuftice
A fçeu d'vn incognu m'engager au feruice.

LE ROY.

Sans plus diffimuler fonge que les tourments
Nous peuuent garantir de tes déguifements,
Et prens garde fur tout que leur rigueur n'arrache
Ce qu'vn deuoir friuole imprudemmét nous cache.

SANCHE *prefentant vn Billet au Roy.*

Sire, de ce deuoir puifqu'il fait tant de cas,
Voyez fi ce Billet ne le trahira pas.

OCTAVE *bas.*

O malheur impréueu !

SANCHE.

        Par dépefche fecrette
Il a crû feurement l'enuoyer à Gayette,
Mais quelques efpions en chemin l'ont furpris.

LE ROY.

Dieux, quel trouble à mon tour agite mes efprits !
A l'Infant de Sicile ! ô Ciel, eft-il poffible!

LAVRE *bas.*

Enfin, cher Federic, ta perte eft infaillible.

LE ROY *lit.*

Rodolphe par mes mains a veu finir fes iours,
Et m'oblige en ces lieux à craindre vn fort contraire,
Ne perdez point de temps, venez à mon fecours,
Si vous prenez encor les interefts d'vn frere.

FEDERIC.

Puis-ie croire au rapport de mes yeux ?
Mon plus grand ennemy, Federic en ces lieux !
O de tous les malheurs le dernier & le pire !
Pour Rodolphe tué c'eft peu que ie foûpire,
Si pour perçer mõ cœur par des traits plus puiffans
Federic n'eft l'autheur des peines que ie fens.
Il n'eft point de malheur fans tache d'infamie
Quand le coup nous en vient d'vne main ennemie,

Et dûſt ſur moy du Sort l'ouurage s'acheuer,
Ce n'eſt que dans le ſang que ie la dois lauer.
O C T A V E.

Puiſqu'enfin l'intereſt du Prince de Sicile
Ne trouue en moy l'appuy que d'vn zele inutile,
Ce ſeroit le trahir que de vous plus cacher
Ce glorieux vainqueur que vous faites chercher.
S'il vous priue d'vn bras dont vous plaignez la
      perte,
Sire, à tous combatants la lice eſtoit ouuerte,
Et Rodolphe ſans vie à ſes pieds abatu
Eſt vn crime du Sort & non de ſa vertu.
L E   R O Y.

N'imputons point au Sort vn deſſein ſi coupable,
Cette mort en tout autre euſt eſté pardonnable,
Mais dans mon ennemy c'eſt vn pur attentat,
Ie ne le dois traiter qu'en criminel d'Eſtat,
Et ſi le juſte Ciel entre mes mains le liure,
Ie ſçay trop quels conſeils il m'eſt permis de ſuiure
L A V R E.

Seigneur, écoutez moins ces vifs reſſentiments.
Ce cœur outré d'ennuis partage vos tourments,
Et j'atteſte du Ciel la grandeur ſouueraine
Que Federic luy ſeul cauſe toute ma peine,
Que par luy ſeul ie ſouffre, & donne icy des pleurs
Plus à ma paſſion qu'à nos communs malheurs.
Mais helas ! quel eſpoir de la voir ſatisfaite ?
La flotte de Sicile a paru vers Gayette,
Et venant de ſon Prince appuyer les deſſeins
Nous arrache aujourd'huy la vangeance des mains
Cet obſtacle ſenſible aux deſirs d'vne Amante …

SCENE IV.

LE ROY, LAVRE, ENRIQVE, SANCHE, IVLIE, OCTAVE.

ENRIQVE.

S'Ire, vn heureux succez a remply nostre attente,
L'assassin de Rodolphe est en vostre pouuoir.

LE ROY.

On a pû l'arrester ?

ENRIQVE.

Sire, vous l'allez voir,
On l'améne.

LAVRE *bas.*

Qu'entens-ie ? ô comble de disgraces !

ENRIQVE.

Ayant appris sa route, & marchant sur ses traces,
Son cheual trouué mort, par vn bon-heur nouueau,
Nous arreste en ce bois qui borne ce Château.
Là nous le découurons, mais bien loin qu'il s'é-
    tonne,
Loin que seul contre trois sa vertu l'abandonne,
Il menace, & le nombre augmentant sa fierté,
Il perira plustost qu'il se voye arresté.
Mais la ruse l'emporte, & son courage extrême
Est contraint de ceder enfin au stratagême,
Ie luy saisis l'épée.

LE ROY.

Enfin donc ie le tiens
Ce superbe ennemy de mon trône & des miens ?

O bon-heur ! ô seruice à l'Estat trop vtile,
Qui soûmet à mes loix le Prince de Sicile !
ENRIQVE.
Le Prince de Sicile !
LE ROY.
                    Ouy, c'est luy dont le bras
S'est noircy du plus grand de tous les attentats.
ENRIQVE.
Cet orgueil menaçant qu'il nous a fait paroistre
Peut suffire sans doute à le faire cognoistre :
Mais, Sire, oyez enfin ce qu'on n'eut sçeu préuoir,
A peine entre nos mains il se voit sans espoir,
Qu'vsant d'vn stratagême à combatre le nostre,
Il veut obstinément qu'on l'ait pris pour vn autre,
Et d'vn tel contresens soûtient tout ce qu'il dit,
Qu'il semble qu'en effet il ait perdu l'esprit.
LE ROY.
S'il croit nous abuser, son esperance est vaine.
ENRIQVE.
Sire, daignez l'oüir, ie l'entens qu'on améne.
LAVRE.
Agréez ma retraite, à qui perd vn Amant,
Voir l'autheur de sa mort, est vn nouueau tour-
    ment.

SCENE V.

LE ROY, ENRIQVE, SANCHE, OCTAVE, IODELET, SOLDATS.

IODELET *aux Soldats.*

OVy, ce lieu pour mon giſte eſt aſſez agreable,
Bon ſoir & bonne nuit, allez-vous-en au
    Diable.
Tout habillé de fer & par bas & par haut
Vous m'auez fait, ie croy, galoper comme il faut,
Mais vn iour peut venir où ie veux qu'on me pende
Si plus cher qu'au marché vous n'en payez l'a-
    mende.
Vne chaire, quelqu'vn, ie ſuis las, dépeſchez.

LE ROY.

Leuez, leuez le maſque, en vain vous vous cache z,
Trop ſuperbe ennemy, l'on cognoit qui vous eſtes.

IODELET.

M'améne-t'on icy pour me conter ſornettes?

ENRIQVE.

Sire, vous le voyez.

OCTAVE *bas.*

    Ciel, ſoûtiens mon eſpoir!

IODELET.

Qu'on me deſenharnache, ou qu'on me faſſe ſeoir,
La charge eſt lourde.

LE ROY.

    Enfin ſçachez mieux vous cognoiſtre,
Et Prince, répondez à la gloire de l'eſtre.

La peur d'vn iufte arreft vous doit toucher trop
    peu
Pour en faire à nos yeux vn fi bas defadïeu,
Soûtenez ce grand titre, & brauant ma puiffance
Rempliffez hautement l'heur de voftre naiffance.

IODELET.

Apprenez à vous taire, ou parlez fagement,
Ie ne fçache en ma race aucun forlignement,
Pour qui donc me prend-on?

LE ROY.

        La feinte eft inutile,
Et nous cognoiffons trop le Prince de Sicile.

IODELET.

Et que m'importe à moy fi vous le cognoiffez?

LE ROY.

Vous nommer Federic, c'eft vous en dire affez,
A cet illuftre nom ceffez de faire injure.

OCTAVE.

A l'erreur qui les trompe adjoûtons l'impofture.
    Ah! Seigneur, ah! mon maiftre, ô qu'il m'euft
    efté doux
En autre lieu qu'icy d'embraffer vos genoux!
Mais puifque la Fortune à vous nuire obftinée,
A trahy le fecret de voftre deftinée,
Et que j'ay pour mon Prince vne vie à donner..

IODELET.

Que diable celuy-cy me vient-il jargonner?
Moy, Prince? moy, fon maiftre?

OCTAVE.

        Ah! Seigneur.

IODELET.

          Ie vous prie
L'honneur cede au profit, trefve de Seigneurie.

OCTAVE.

Quoy, Seigneur, voftre Octaue...

IODELET.
Acheuons en vn mot;
Et bien, Octaue soit, Octaue n'est qu'vn sot.
OCTAVE *au Roy.*
Federic est vaillant, mais...
IODELET.
O, comme ils me vendent!
Auec tous leurs respects les matois s'entr'enten-
dent.
ENRIQVE.
Mais, Seigneur...
IODELET.
Voicy l'autre.
LE ROY.
Ah! c'en est trop enfin,
Il faut l'abandonner à son lâche destin.
ENRIQVE.
Quoy, Prince...
IODELET.
Vous auez les visieres mal nettes.
LE ROY.
Sçauez-vous en quels lieux & deuant qui vous estes?
IODELET.
Deuant vous, à peu prés.
LE ROY.
Tremblez donc.
IODELET.
Et pourquoy ?
Si ie suis deuant vous, vous estes deuant moy.
ENRIQVE.
C'est le Roy qui vous parle.
IODELET.
Ah, qu'il ne vous déplaise,
Le Roy voit maintenant jouter fort à son aise,
Ie sçay ce qui se passe, & ie le vay trouuer.

LE ROY.

Qu'apres sa trahison il m'ose encor brauer,
Et joigne impunément le mépris à l'injure ?

IODELET.

Vous m'accuseriez donc de quelque forfaiture ?

ENRIQVE.

Voyez voftre équipage, il parle contre vous.

IODELET.

Ah ! ie m'en doutois bien, vous eftes des filoux,
Et pour mieux m'excroquer toute ma brauerie…

LE ROY.

Ceffez vne fi baffe & froide raillerie,
Pour la derniere fois, Prince…

IODELET.

　　　　　　Cela va bien,
Prince, ie le fuis donc fans que j'en fçache rien ?

ENRIQVE.

Songez qu'vn fi haut rang que donne la naiffance…

IODELET.

Ie fçay qu'eftre Marquis eft de ma competence,
Mais Prince ?

LE ROY.

　　Quoy toûjours…

IODELET.

　　　　　Et bien, rien n'eft gâté,
Ie confens pour vous plaire à la Principauté,
Tout coup vaille.

LE ROY.

　　　Non non, fuiuez voftre caprice,
D'vne fi lâche feinte appuyez l'artifice ;
Attendant que le temps nous en faffe raifon
Ie veux que ce Chafteau luy ferue de prifon,
C'eft dequoy vous irez aduertir Ifabelle,
Ie commets ce dépoft à fa garde fidelle,

Mais quoy qu'il se declare indigne de ce rang
Qu'elle respecte en luy la dignité du sang,
Qu'elle le traite en Prince, & que chacun luy rende
Ce que dans mes Estats ce grand titre demande.

SCENE VI.

IODELET, ENRIQVE, OCTAVE, SOLDATS.

IODELET.

M A foy, ie n'y voy goute, ils ont beau haran-
　　　guer,
Eux ou moy nous auons le don d'extrauaguer.
Ie ne me trompe point, ie me taste, retaste,
Et sous d'autres habits ie sens la mesme paste,
Ouy, tous mes tastements sont icy superflus,
Ie suis encor moy-mesme, ou iamais ne le fus.
Ie suis ce que ie suis, en soit ce qui peut estre.
Mais pourquoy m'obstiner à ne me point cognoi-
Puisque chacun icy d'vne commune voix　　　(stre?
Soûtient que ie suis Prince, il faut que ie le sois.
On est plus grand Seigneur quelquefois qu'on ne
Tâchons à rappeller nostre reminiscence.　(pense,

ENRIQVE.

Quoy, Seigneur!

IODELET.

　　　Ie le suis, il n'est rien de plus vray,
C'est par vostre suffrage, & ie m'en souuiendray,
Si mõ pouuoir de Prince vn peu loin peut s'étendre,
Allez, consolez-vous, ie vous fe ray tous pendre.

ENRIQVE.

C'eſt vouloir noſtre perte auec peu de raiſon.

IODELET.

Vn Prince n'a-t'il pas pouuoir de pendaiſon ?
Si c'eſt-là mon plaiſir, qu'y trouuez-vous à dire ?

ENRIQVE.

Par quelques lâchetez cette honte s'attire,
Mais, Seigneur, nous auons le courage trop haut.,

IODELET.

Vous en enrageriez peut-eſtre, & peu m'en chaut,
Quand on meurt pour le Prince, on vit dedans l'hiſtoire.

OCTAVE.

Seigneur, ſoûtenez mieux l'éclat de voſtre gloire.

IODELET.

Ah, tu me parles, toy que le Diable a tenté
De joindre la maiſtriſe à ma Principauté,
Mais me cognois-tu bien, & n'eſt-ce point adreſſe

OCTAVE.

Depuis plus de vingt ans ie ſuis à voſtre Alteſſe.

IODELET.

En quelle qualité ?

OCTAVE.

De voſtre confident.

IODELET.

Confident ordinaire, ou bien par accident ?

OCTAVE.

Autre que moy iamais n'eut part à cette gloire.

IODELET.

Quelle preuue en as-tu pour me le faire croire ?

OCTAVE.

Seigneur, il vous ſouuient qu'vn iour ſans mon ſe-
cours
Vn cruel Sanglier euſt terminé vos iours,
Il vous ſouuient de plus que le Roy voſtre pere..

IODELET.

Ma foy, s'il m'en souuient, il ne m'en souuient guere.
Ay-ie autrefois aimé la chasse au Sanglier?

OCTAVE.

Ie me tais par respect.

IODELET.

Bon, c'est s'humilier.
Mon nom est?

OCTAVE.

Federic.

IODELET.

Prince de?

OCTAVE.

De Sicile.

IODELET.

Ce que c'est que d'auoir la memoire labile!
Ie l'oubliois déja.

ENRIQVE.

Seigneur, permettez-moy
D'executer enfin les volontez du Roy.

IODELET.

Du Roy?

ENRIQVE.

Quoy, doutez-vous que ce ne fust luy-mesme?

IODELET.

Qu'il soit Roy tout de bon, ou bien par strata-
gême,
Pourueu qu'on obeïsse, il m'importe fort peu,
Allons donc, promptement, grande chere & beau
C'est-là son ordre exprés.   (feu.

ENRIQVE.

Ie sçay ce qu'il ordonne.

IODELET.

Quand c'est pour mon profit j'ay la memoire bône,
Ie pretens festiner du matin jusqu'au soir.

ENRIQVE.

Iſabelle, Seigneur, aura ſoin d'y pouruoir,
Mais par précaution, auant toute autre choſe,
A ſouffrir voſtre abord il faut qu'on la diſpoſe.

IODELET,

Soit donc, viſte.

ENRIQVE.

I'y cours, ſuiuez dans vn moment,
Et vous laiſſez conduire à ſon appartement.

IODELET.

I'iray, qu'on m'y reçoiue en Prince de Sicile.

Aux Soldats.

Vous, menez-moy roder par ce mien domicile,
Ie veux voir ſi pour hoſte il me peut meriter,
Et puis, nous nous irons faire complimenter.

Fin du ſecond Acte.

ACT

ACTE III.

SCENE PREMIERE.

FEDERIC, ISABELLE.

FEDERIC.

Par quels vœux desormais, Madame, ou quel
    seruice...

ISABELLE.

Ie m'oblige moy-mesme en vous rendant
    justice.

FEDERIC.

Mais sur vn Estranger répandre vn tel honneur ?

ISABELLE.

Enfin de ce Château vous estes Gouuerneur,
Et ie veux qu'aujourd'huy, par son obeïssance,
Chacun respecte en vous l'effet de ma puissance.

FEDERIC.

Mon merite est si foible, & mon bon-heur si
    grand,
Qu'auec iuste raison son excez me surprend.
Lors que ie considere auec quel auantage
Du Sort qui me poursuit vous reparez l'outrage,
Et que malgré l'éclat que font par mes defauts
Et le peu que ie suis, & le peu que ie vaux,

D

Par vn heureux fecours que ie n'ofois attendre,
Vos bontez jufqu'à moy fe plaifent à defcendre,
Ie cheris mes malheurs, dont la fatalité
N'a fait qu'ouurir la voye à ma felicité.

                I S A B E L L E.
La faueur eft legere, & ma gloire s'offence
Que vous portiez fi haut voftre recognoiffance,
Montrez des fentimens vn peu plus referuez,
Ou ie vous deuray plus que vous ne me deuez,
Car enfin la vertu la plus pure & parfaite,
D'vn prix affez leger eft toûjours fatisfaite,
Et de quelque valeur que puiffe eftre vn bienfait,
S'aduoüant redeuable, on s'acquitte en effet.

                F E D E R I C.
Puifque c'eft vous déplaire, & que quoy que l'on
         faffe,
C'eft trahir vos bienfaits, que vous en rédre grace,
Pour les laiffer, Madame, en leur plus haut éclat
Ie veux bien me refoudre à demeurer ingrat.
Ie ne vous dis donc point que ma plus forte enuie
Eft d'expofer pour vous & mon fang & ma vie,
Ie m'abandonne entier à ma ftupidité,
Et reçois vos faueurs comme vn bien merité.

                I S A B E L L E.
C'eft mal prendre mon fens, & ne me pas cognoi-
Ie m'eftimerois lâche autant qu'on le peut eftre,
Si faifant quelque bien, par vn motif trop bas,
La gloire d'obliger ne me fuffifoit pas.
Mais ie l'aduoüe auffi, ce nom d'ingratitude
A quelque chofe en foy qui me paroift fi rude,
Que quelque occafion qui me le puiffe offrir,
Vn terme fi fâcheux me fait toûjours fouffrir.

                F E D E R I C.
Ainfi, Madame, ainfi, quoy que ie puiffe faire,
Ie ne puis efperer de ne vous pas déplaire,

Puïſqu'enfin voſtre eſprit condamne également,
Et mon ingratitude,& mon reſſentiment.
ISABELLE.
I'approuue quelquefois que le dernier s'exprime,
Mais il eſt pour cela des ſentimens d'eſtime,
Et d'ailleurs, quelques biens qu'on ait pû receuoir,
Qui peut donner ſon cœur,peut ne plus rien deuoir.
FEDERIC.
Le mien pourroit-il eſtre vne aſſez digne offráde...
ISABELLE.
Sans doute;& ie m'explique afin que l'on m'entéde.
Ce don de voſtre cœur me plairoit en ce point
Que j'y découurirois ce que ie ne ſçay point,
Quel eſt voſtre païs , quelle eſt voſtre naiſſance.
FEDERIC.
Mon nom eſt , Leonard ; & mon païs, Florence;
Vous ſçauez ma fortune , & ie vous ay conté...
ISABELLE.
Parlons , parlons , de grace , auec ſincerité.
Ce recit du malheur qui cauſoit voſtre pleinte,
Auoit tout l'appareil d'vne éloquente feinte,
D'abord j'ay bien voulu qu'il vous ait reüſſi,
Mais vn homme de peu ne parle point ainſi.
FEDERIC.
Quoy, Madame...
ISABELLE.
Quittons vn diſcours qui vous bleſſe.
Vous n'auez encor veu le Roy , ny la Princeſſe ?
FEDERIC.
L'honneur qu'il vous a plû de répandre ſur moy,
Pour quelque ordre déja m'a fait cognoiſtre au Roy,
Mais ſans voir la Princeſſe ; & j'eſpere, Madame,
Que ne relâchant rien de cette grandeur d'ame,
Vos bontez par l'adueu de ce que ie vous dois
Forceront ſon eſtime à ſuiure voſtre choix.

D ij

ISABELLE.

Il sera peu besoin que ie l'en sollicite.
Que n'obtiendrez-vous point auec tant de merite?

SCENE II.

FEDERIC, ISABELLE, ENRIQVE.

ENRIQVE.

MAdame, enfin le Ciel touché de vos malheurs
Semble n'auoir plus soin que d'essuyer vos
pleurs,
Vous regrettez vn frere, & ie viens vous apprendre
Quelle noble victime il a lieu de pretendre.

FEDERIC *bas.*

Serois-ie découuert?

ISABELLE.

Parlez, Enrique, enfin
Auroit-on pû sçauoir le nom de l'assassin?

ENRIQVE.

C'est Federic, Madame.

FEDERIC. *bas.*

O trop funeste azile!

ISABELLE.

Federic, dites-vous?

ENRIQVE.

Le Prince de Sicile.

ISABELLE.

Quoy, dans mon ennemy, l'ennemy de l'Estat!

ENRIQVE.

On ne conçoit qu'à peine vn si noir attentat,
A vous vanger aussi déja le Roy s'appreste.

FEDERIC *bas.*

D'vn œil ferme & conſtant regardons la tempeſte,
On peut ſçauoir mon nom ſans ſçauoir où ie ſuis.

ISABELLE.

Le Ciel ne pouuoit mieux ſoulager mes ennuis.
à Federic.

Dans les faueurs ſur moy que ſa bonté déploye,
Prenez, braue Eſtranger, prenez part à ma joye.

FEDERIC.

Ie tiens ce qui la cauſe à ſouuerain bon-heur.

ENRIQVE.

Madame, de ce Fort quel eſt le Gouuerneur ?
Auec luy par voſtre ordre il faut de tout reſoudre.

FEDERIC *bas.*

Voicy ſur mon eſpoir le dernier coup de foudre.

ENRIQVE.

De grace, commandez qu'on le faſſe chercher.

FEDERIC.

Il a le cœur trop bon pour ſe vouloir cacher,
Le voicy.

ENRIQVE.

Sçachez donc que l'ordre que j'apporte...

FEDERIC.

On veut que Federic ſoit coupable, il n'importe,
Vous ſçauez qui ie ſuis, ie n'examine rien,
Faites voſtre deuoir, & ie feray le mien.

ENRIQVE.

C'eſt parler vn peu viſte, & ie ne puis comprendre
Qui vous fait tout à coup refuſer de m'entendre.

FEDERIC.

Enfin vous me cherchez ?

ISABELLE *à Federic.*

Oyons l'ordre du Roy.

ENRIQVE.

Si Federic a pû s'échaper du Tournoy,

Le Ciel m'a reſerué la gloire ineſtimable
D'arreſter priſonnier ce Prince redoutable,
Et ie ne viens icy. ...

       FEDERIC.

       Sans verſer bien du ſang
On n'arreſta iamais vn Prince de ſon rang.

       ENRIQVE.

Auſſi j'ay bien voulu dedans cette entrepriſe
Qu'vn ſtratageme adroit m'ait aſſeuré ſa priſe.

       ISABELLE.

Quoy! Federic eſt pris?

       ENRIQVE.

       Ouy, Madame, en ce bois
Dont la douce fraiſcheur vous charme quelquefois,
C'eſt-là que tout armé nous l'auons pû ſurprendre.

       FEDERIC *bas.*

Quel reuers impréueu! Ciel, que viens-ie d'entendre !

       ENRIQVE.

Pour mieux vous ſatisfaire apres ſa trahiſon
Le Roy vous a remis le ſoin de ſa priſon,
Et comme dans ce Fort il faudra qu'on le garde,
C'en eſt le Gouuerneur que cet ordre regarde.

       ISABELLE.

C'eſt à quoy, Leonard, il faut vous preparer.

       FEDERIC.

De ma fidelité daignez tout eſperer.

       ENRIQVE.

Il ſemble auoir l'humeur aſſez fiere & farouche
Pour n'apprehender pas que la pitié le touche.

       FEDERIC.

Madame, permettez qu'on aſſeure le Roy
Que de mon ſeul deuoir ie ſçay prendre la loy,
Que ie feray iuger, à voir mon ſoin extrême,
Que garder Federic, c'eſt me garder moy-meſme,

Que bien loin qu'il se puisse échaper de mes mains,
Iusqu'au fonds de son cœur ie liray ses desseins,
Et que de sa personne enfin, quoy qu'il aduienne,
Ie m'engage à répondre ainsi que de la mienne.

ISABELLE.

C'est assez, Leonard.

ENRIQVE.

Madame, le voicy.

ISABELLE.

Puis-ie assez me contraindre !

FEDERIC.

O Ciel, Octaue aussi !

SCENE III.

FEDERIC, ISABELLE, ENRIQVE, IODELET, OCTAVE, GARDES.

OCTAVE.

Quoy ! mon Prince en ces lieux ?

ISABELLE.

Ah ! ce cœur me reproche…

IODELET.

Place, place, c'est moy, c'est vn Grand qui s'appro-
à Isabelle montrant Enrique. (che.
Ce Courrier dépesché, s'il a fait son deuoir,
Vous aura preparée à l'honneur de me voir,
Et vous aura conté, charmante Geoliere,
Qu'on vous enuoye icy mon ame prisonniere,
Car vos yeux, quád ils font joüer tous leurs ressorts,
Emprisonnent bien plus les ámes que les corps.

ISABELLE.

O Ciel ! puis-ie ſouffrir vn ſi ſanglant outrage ?
Tu viens donc me brauer pour aſſouuir ta rage,
Et le frere tué, ton cœur, ce lâche cœur,
Croiroit auoir peu fait s'il épargnoit la ſœur ?
Pouſſe juſques au bout, pouſſe ta barbarie,
De mes triſtes malheurs fais vne raillerie,
Ta noire trahiſon ſemble auoir merité
Que tu mettes au iour toute ta lâcheté.

IODELET.

Si vous n'auez iamais l'accueil plus amiable,
Vous eſtes animal aſſez inſociable.
Soit dit, ſans offenſer certain air égrillard
Qui dans vos yeux malins ſe loge quelque pàrt,
Mais ils ont beau lancer cette foudre égrillarde,
Quand vn cœur eſt Lyon, j'ay l'ame Leoparde,
Délyonnez le voſtre, ou nargue à leurs attraits.

ISABELLE.

O le cœur le plus bas qui reſpira iamais !
De quel front oſes-tu, traiſtre . . .

IODELET.

              Et de quelle bouche
Oſez-vous exhaler vne humeur ſi farouche,
Petulante femelle ? oyez, oyez mon nom,
Oyez ma qualité, vous changerez de ton.
Parlez donc, chers témoins de ma grãdeur ſuprême,
Vous, qui me cognoiſſez encor mieux que moy-
     meſme,
Dites-luy qui ie ſuis, de grace.

ENRIQVE.

             Et quoy, Seigneur,
Voſtre Alteſſe . . .

IODELET.

      Voyez ſi l'on me doit honneur.
Ie ſuis vn Federic, vn Prince de Sicile.

ISABELLE.

Toy, Prince?

IODELET.

Ouy, ie le suis, la preuue en est facile.

ISABELLE.

Tu nous vantes en vain la splendeur de ton sang,
Ton lâche procedé dément vn si haut rang,
Non non, tu n'es point Prince, & le Ciel m'autho-
     rise…

IODELET.

Sçachez que vostre langue est vne mal-apprise,
Mais ie la conuaincray. Parlez, mon Escuyer;
M'auez-vous pas sauué jadis d'vn Sanglier?
N'est-il pas vray de plus qu'vn iour le Roy mon
Dites, n'est-il pas vray?   (pere…

ISABELLE.

              Que le Sort m'est contraire!
Mais c'est trop en souffrir, c'est trop gêner mes yeux
Par l'aspect importun d'vn objet odieux.
Ie vous l'ay déja dit, sa prison vous regarde,
Gouuerneur, c'est à vous que ie remets sa garde:
Disposez pour cela de cet appartement.

elle sort.

ENRIQVE à *Federic.*

Que sa prison soit libre au moins apparemment,
Et rendant ce qu'on doit à sa haute naissance,
Ioignez à vos respects beaucoup de vigilance.

FEDERIC.

Pour vous en asseurer, souffrez que ces soldats
Puissent icy par tout accompagner ses pas.

ENRIQVE.

I'y consens, demeurez.   *il sort.*

IODELET.

              Gouuerneur, ie vous prie,
Le vin est-il fort bon dans cette hostellerie?

Tout bien confideré, nous ne ferions point mal
D'en humecter vn peu l'humide radical.

FEDERIC.

Il faut faire feruir, Seigneur.

IODELET.

Bonne parole.

Ce lict que j'apperçois a-t'il la plume molle?

FEDERIC.

C'eft voftre appartement.

IODELET.

Il eft donc à propos
Qu'attendant le repas j'y repofe mes os,
Car comme l'on m'a fait tantoft courir grande erre,
Ie fuis las de porter ces inftrumens de guerre.

FEDERIC.

Gardes, fuiuez le Prince.

SCENE IV.

FEDERIC, OCTAVE.

OCTAVE.

Est-ce vne illufion,
Seigneur?

FEDERIC.

Octaue, enfin quelle confufion !
Qui t'a fait arrefter ?

OCTAVE.

Vn zele temeraire
D'enuoyer voftre lettre à l'Infant voftre frere,

L'ordre m'en fut par vous expreſſément donné,
Lors que ſeul en ce bois ie vous abandonnay,
Mais pour l'executer il falloit mieux cognoiſtre,
Et ne m'aueugler pas à faire choix d'vn traiſtre.

FEDERIC.

Mais, ce brutal, Octaue ?

OCTAVE.

                    Il les abuſe tous,
Vos armes, voſtre habit l'ont fait prendre pour vous,
Et ſoudain pour vous mettre à couuert de l'orage,
A leur commune erreur j'ay joint mon témoignage,
Ie l'ay traité de Prince.

FEDERIC.

                    Il t'a deſaduoüé ?

OCTAVE.

I'ay pourſuiuy mon roole, & l'ay ſi bien joüé,
Que ſes brutalitez, ſa groſſiere rudeſſe,
Dans l'eſprit du Roy meſme ont paſſé pour adreſſe,
Tant que de nos reſpects ayant goûté l'appas,
Il s'eſt perſuadé d'eſtre ce qu'il n'eſt pas.   (Ie ?
Mais, Seigneur, en quels lieux trouuez-vous vn azy-

FEDERIC.

Ie cherchois vn appuy qui me pût eſtre vtile,
Tu vois que mon eſpoir n'a point eſté déceu,
Que de mon ennemie enfin ie l'ay receu,
Et que par vn bonheur auſſi rare qu'extrême
L'on me dõne moy-meſme à garder à moy-meſme.
Mais ma Princeſſe encor, que dit-elle de moy ?

OCTAVE.

Ne l'ayant veuë icy qu'en preſence du Roy,
Ie n'ay pû luy parler.

FEDERIC.

                    Elle me croit loin d'elle ?

OCTAVE.

Seigneur, de voſtre priſe apprenant la nouuelle,

Et cedant tout à coup à sa juste douleur,
Elle s'est retirée à pleurer son malheur.
					FEDERIC.
Sans voir nostre faux Prince?
						OCTAVE.
							Ouy, Seigneur, elle ignore
Ce succez estonnant qu'à peine crois-ie encore.
					FEDERIC.
Ah! de quel doux espoir mon amour s'entretient,
Si la tirant d'erreur... Mais, Octaue, elle vient,
C'est elle-mesme.

SCENE V.

FEDERIC, LAVRE, IVLIE, OCTAVE.

FEDERIC.

ENfin, Madame, est-il possible
Que le Ciel à mes maux se declare sensible,
Et qu'apres tant de traits lancez déja sur moy
Il puisse consentir au bien que ie reçoy?
					LAVRE.
Prince, vostre vertu paroit toûjours la mesme,
Elle demeure ferme en vn peril extréme,
Et redoublant sa force où toute autre s'abat,
Ce qui dûst l'affoiblir augmente son éclat.
N'attendez pas de moy que la mienne y réponde
Ie m'abandonne entiere à ma douleur profonde,
Et faut-il s'estonner si mon cœur s'est rendu,
Prince, ie vous aimois & ie vous ay perdu.
							FEDERIC

FEDERIC.

Ah, souffrez que du Sort j'adore l'injustice
Qui vaut à mes desirs vn adueu si propice,
Ou si j'ose me plaindre en vn estat si doux
Ne vous offencez pas si ie me plains de vous.
Craindre vn foible peril où vostre amour m'engage,
C'est d'vn charmant espoir m'envier l'aduantage,
C'est voir auec regret que j'ose me flatter
D'auoir cherché du moins par où vous meriter;
Car enfin cet amour est vn tresor insigne
Dont mon sang hazardé me laisse encore indigne,
Et quand vn si beau feu dans vn cœur peut regner,
C'est en mourât pour vous qu'il le faut témoigner.

LAVRE.

De vostre passion cette preuue obligeante,
Prince, ne fait qu'aigrir la douleur d'vne Amante,
Qui du Sort qui la perd sent d'autât mieux les coups
Qu'elle voit éclater plus de merite en vous.
Ne croyez pas pourtant que ie me tienne quitte
Pour plaindre les malheurs où ie vous précipite,
Ie prens vostre destin pour la regle du mien,
Quád on a tout à craindre, on ne doit craindre rien.
Que le Roy sçache donc l'ardeur qui me transporte,
Ce sera m'attirer son couroux ; mais n'importe,
L'honneur à ce peril me presse de courir,
Et quand vn bel effort nous engage à perir,
D'vne haute vertu la marque la plus ample
N'est pas d'en receuoir, mais d'en donner l'exemple.

FEDERIC.

Ie croirois faire outrage à des feux si constans
Si j'osois vous laisser dans l'erreur plus long-temps,
Que contre Federic le Roy soit tout de flame,
Ne craignez rien pour moy, ie suis libre, Madame.

LAVRE.

Prince, que dites-vous ?

E

FEDERIC.

Qu'vn autre eſt pris pour moy,
Qui ſous mon équipage a pû tromper le Roy,
Et que loin que mon ſang en ces lieux ſe hazarde,
Ie tiens dans ce Château ce faux Prince en ma gar-

LAVRE,   (de.

Ah ! ſi vous eſtes libre, oſtez-moy de ſoucy,
La foudre gronde encore, éloignez vous d'icy.

FEDERIC.

Moy, vous abandonner ? qu'elle gronde, menace,
Qu'ay-ie à craindre, Madame ? vn autre tient ma
    place.

LAVRE.

Songez que voſtre amour oſe trop eſperer,
Prince, & qu'vn tel abus ne peut long-temps durer.

OCTAVE.

Oſeray-ie parler, Seigneur ? auant qu'il ceſſe,
Propoſez voſtre hymen auecque la Princeſſe.
Le Roy s'en indignant, l'effet de ſon couroux
Tombe ſur ce brutal qui paſſe icy pour vous,
Et s'il peut conſentir à voir voſtre hymenée
Rendre dans vos Eſtats la guerre terminée,
Vous leuerez le maſque ; enfin par ce moyen
Vous pouuez tout gagner, & ne hazarder rien.

FEDERIC.

Madame, approuuez-vous vn aduis ſi fidelle ?

LAVRE.

Nous ne ſçaurions d'Octaue eſtimer trop le zele,
Mais qui trouuera-t'on qui l'oſe propoſer ?

FEDERIC.

Moy, Madame, pour vous ie pourray tout oſer.

LAVRE.

Comme j'ignore encor quelle eſt voſtre fortune.

FEDERIC.

La rencontre ſans doute en eſt fort peu commune,

Mais pour sõger, Madame, à vous l'expliquer mieux
Il faudroit que le temps me fuſt moins precieux,
Il faudroit que ma foy...

OCTAVE montrant à Federic Iodelet qui entre.

Seigneur.

SCENE VI.

FEDERIC, LAVRE, IVLIE, OCTAVE, IODELET, GARDES.

IODELET à Federic.

Par parentheſe,
Vous jaſeriez bien mieux le cul dans vne chaiſe.
Vous fait-on de ma garde Intendant à deſſein
Que quand il vous plaira j'enrageray de faim?
Mon corps dõc vous plairoit s'il deuenoit carcaſſe,
Voſtre Office eſt vacant, Gouuerneur, ie vous caſſe.

FEDERIC.

La Princeſſe, Seigneur, qui vient icy pour vous,
Peut-eſtre en ma faueur calmera ce couroux.

IODELET.

La Princeſſe?

FEDERIC.

Ouy, Seigneur.

IODELET à Laure.

Vous viſitez vn Prince

Dont le cœur n'eſt couuert que d'vne peau bien
mince,

E ij

Pour peu que vos regards puiſſent l'égratigner,
C'eſt vn cœur pantelant que vous ferez ſaigner,
Garde la fiéure apres , car ie me perſuade
Que qui ſaigne du cœur eſt déja bien malade.

FEDERIC à *Laure*.

Daignez vous abaiſſer à le piquer d'amour,
Madame.

LAVRE à *Iodelet*.

Vos vertus ſont dans leur plus beau iour
Prince, & cette conſtance au milieu de l'orage,
De ce que vous valez eſt vn clair témoignage;
Auſſi de ces vertus le bruit trop répandu
Na pû me diſpenſer de ce qui vous eſt dû.
Tant de rares exploits dont l'honneur fut la cauſe,
Tant de perils paſſez…

IODELET.

Ouy, j'en ſçay quelque choſe,
Ie ſuis fort perilleux ; on dit qu'vn Sanglier…
Mais ce n'eſt pas à moy de m'en glorifier,
L'Hiſtoire en parlera , puis telles vanteries
Parmy nous autres Grands ſont des forfanteries.

LAVRE.

Ah ! ce qui part de vous ne peut eſtre imputé
A l'affectation de trop de vanité.
Vn Prince comme vous ſi rayonnant de gloire,
Qui ne fait qu'entaſſer victoire ſur victoire,
Vn Prince ſi parfait & de corps & d'eſprit…

IODELET.

Ah ! vous m'égratignez, belle bouche, il ſuffit,
Ie vous le diſois bien, mon pauure cœur pantelle,
Et déja deuant vous ne bat plus que d'vne aiſle.

LAVRE.

Ie me retire donc , adieu.

IODELET.

Quoy, tout à coup?

L A V R E.

Songez que pour vous voir j'ay hazardé beaucoup,
Prince, & qu'enuers le Roy c'eſt me noircir d'vn
  crime,
Qu'oſer à ſon deſceu vous marquer mon eſtime.

I O D E L E T.

Viſitez-moy du moins alternatiuement,
Ma Reine, me voila tout ie ne ſçay comment.

S C E N E   VII.

FEDERIC, IODELET, OCTAVE, GARDES.

F E D E R I C.

SEigneur, que vous en ſemble?

I O D E L E T.

     Elle a dans ſa perſonne
Des traits bien moins lyons, que cette autre lyonne;
I'y trouuerois mon compte.

F E D E R I C.

     Enfin, elle vous plaiſt,
Aduoüez-le, Seigneur.

I O D E L E T.

    Et plaira, qui plus eſt.
Mais dites, Gouuerneur, dans ce ſiecle où nous
  ſommes
Les Princes aiment-ils comme les autres hommes?
Ie voudrois bien l'aimer dans la congruité
Que requiert en tel cas ma haute qualité.

E iij

FEDERIC.

Vos feux l'honoreront.

IODELET.

Me sera-t'il loisible
D'en faire le debut par le concupiscible?

FEDERIC.

Il faut y proceder suiuant voftre grandeur,
La demander au Roy par vn Ambaffadeur,
Luy propofer la paix.

IODELET.

Nous fommes donc en guerre?

FEDERIC.

Ouy, Seigneur, voftre bras plus craint que le tõnerre
Signalant voftre nom en de fameux combats,
A verfé plus de fang…

IODELET.

Ah! ie n'en doute pas,
Ie me fuis plû toûjours au carnage, aux alarmes,
Témoin, vous le voyez, on m'a pris fous les armes,
Puifqu'on m'arrefte ainfi, le Roy craint ma valeur

FEDERIC.

Auffi luy caufe-t'elle vn affez grand malheur,
Son Fauory tué…

IODELET.

Qui l'a tué?

FEDERIC.

Vous mefme.

IODELET.

Ay-ie d'vn affaffin l'enuifagement blême?
Vous perdez le refpect.

FEDERIC.

Appaifez ce couroux,
Il meritoit fa mort combatant contre vous,
C'eft dans le champ d'hõneur, c'eft par vne victoire
Que fon fang répandu redouble voftre gloire,

Ne craignez point d'en voir l'éclat diminué.

IODELET,

Ah, puisqu'il est bien mort, c'est moy qui l'ay tué,
I'y fay reflexion, ouy c'est moy; d'ordinaire
Vn Prince dans la teste a bien plus d'vne affaire,
Et ne peut pas tenir si bon memorial
De ces menus hauts-faits qui ne font bien ny mal.

FEDERIC.

Ce dernier à l'Estat semble estre assez contraire,
Mais puisque la Princesse a l'hôneur de vous plaire,
Seigneur, par son hymen vous pouuez desormais
Y voir ceder la guerre aux douceurs de la paix.

IODELET.

Point de guerre, la paix, pourueu que mon Altesse
Ne s'abaisse pas trop épousant la Princesse,
Car ie suis Federic.

FEDERIC.

   Elle est digne de vous,
Vous ne sçauriez mieux faire.

IODELET.

    Et bien, ie m'y resous,
Faites sçauoir au Roy ma pensée amoureuse,
Ie lùy promets lignée, & de la plus nombreuse.

FEDERIC.

Vous m'honorez, Seigneur, par cet illustre employ.

IODELET.

Allons donc boire ensemble à la santé du Roy.

Fin du troisiéme Acte.

ACTE IV.

SCENE PREMIERE.

ISABELLE, FLORE.

ISABELLE.

MAis n'admires-tu point cette ame peu
    commune
Qui semble estre au dessus des coups
    de la Fortune,
Ce port majestueux, cet air & noble & grand
Dont il fait éclatter tout ce qu'il entreprend ?

FLORE.

Cet amas de vertus en ses pareils m'étonne.

ISABELLE.

Qu'il a de grauité dans les ordres qu'il donne!

FLORE.

Ayant à faire choix icy d'vn Gouuerneur,
Ses rares qualitez meritoient cet honneur.

ISABELLE.

Que ne dis-tu plûtost qu'vne ame si bien née
N'auoit point merité sa basse destinée,
Et qu'vn Sçeptre en ses mains par vn échange heu-
    reux
Ne rempliroit qu'à peine vn cœur si genereux.

Ne m'aduoüeras tu pas que mesme dans sa plainte...
FLORE.
Ie vous aduoüeray tout, Madame, & sans côtrainte,
Pourueu qu'à vostre tour vous daigniez m'aduoüer
Que vous prenez plaisir à l'entendre loüer.
ISABELLE.
Peut-on à la vertu refuser son estime?
FLORE.
Non, ce n'est que luy rendre vn tribut legitime,
Mais on peut s'y tromper, & dans le mesme iour
Quelquefois de l'estime on va jusqu'à l'amour.
C'est sous cette couleur que surprenant vne ame,
Ce tyran par adresse y fait glisser sa flame,
Il ne fait pas sentir ses chaisnes tout d'vn coup,
Mais c'est aimer vn peu que d'estimer beaucoup.
ISABELLE.
Quoy! pour cet Estranger j'aurois l'ame blessée?
FLORE.
Son merite du moins flatte vostre pensée?
ISABELLE.
Ie ne le puis celer, à toute heure, en tous lieux
L'éclat de ses vertus vient s'offrir à mes yeux,
Toûjours en sa faueur il me parle, il me presse,
Mon cœur semble s'entendre auecque ma foiblesse,
Loin de s'armer contre elle, il goûte auec plaisir
L'amorce d'vn appas qui flatte son desir,
Ie n'ay point de repos, & toute mon étude
C'est de me conseruer ma douce inquietude.
Tu peux iuger par là de l'estat où ie suis,
Ie tâche à fuir l'amour autant que ie le puis:
Mais trouuer dans ce trouble vne douceur extrême,
Flore, si c'est aimer, ie le confesse, j'aime.
FLORE.
Mais lors qu'à cet amour vous-mesme vous courez,
Songez-vous aux ennuis que vous vous preparez?

ISABELLE.

A quoy puis-ie fonger fi telle eft ma mifere,
Qu'à peine il me fouuient qu'il faut vanger vn fre-
Bizarre effet du Sort qui caufe mes malheurs!　(re?
Ie conçois de l'amour, quand ie luy dois des pleurs.

FLORE.

Il vous traita fi mal qu'on verra fans murmure
Que d'vn fimple foûpir vous payiez la Nature,
Mais ce qui me confond dans cet éuenement,
C'eft de vous voir aimer auec abaiffement,
Leonard vaut beaucoup, mais enfin fa naiffance…

ISABELLE.

Elle m'eft incognuë & baffe en apparence,
Mais ne fe peut-il pas qu'vn fecret intereft
L'oblige parmy nous à cacher ce qu'il eft ?
Sçais-tu ce que j'en crois ? fçais-tu que ie foupçonne
Qu'au moins, s'il ne la porte, il touche vne Couron-
Il fauorife Octaue, & n'épargne aucuns foins　(ne?
Pour luy pouuoir parler, me dis-tu, fans témoins.
D'ailleurs pour Federic ie voy qu'il s'intereffe
Iufqu'à briguer pour luy l'hymen de la Princeffe.
Auroit-il entrepris auecque tant d'ardeur
D'aller auprés du Roy faire l'Ambaffadeur,
Propofer vne paix aux deux Eftats vtile
S'il n'eftoit allié du Prince de Sicile?
Ce peut eftre l'Infant.

FLORE.

Son frere ?

ISABELLE.

　　　　　　Ie le croy.

FLORE.

Quel qu'il puiffe eftre enfin, il a gagné le Roy,
Il confent à l'hymen, on vient de me l'apprendre.

ISABELLE.

Et le fang de Rodolphe ?

FLORE.

            Il n'a pû s'en defendre,
L'ennemy n'est pas loin, le peril fait éclat,
Et tout interest cede à celuy de l'Estat.
Mais la Princesse vient.

SCENE II.

LAVRE, ISALELLE, IVLIE,
FLORE.

ISABELLE.

Qv'ay-ie entendu, Madame?
Le Roy vous fait brûler d'vne honteuse flame,
Et sa vertu tremblante à l'ombre du danger
Plaint le sort de Rodolphe & n'ose le vanger?
            LAVRE.
Il est vray que le Roy témoigne en apparence
Du Prince Federic approuuer l'alliance,
Et par son ordre exprés, ie le dois asseurer
Qu'il n'est rien que ses feux ne puissent esperer:
Mais comme auecque moy son ame s'est ouuerte,
Ce fauorable adueu n'est qu'vn piege à sa perte,
Et j'ay trop remarqué, quoy qu'il fasse aujourd'huy,
Qu'il cherche sa ruine & non pas son appuy.
            ISABELLE.
Pourquoy donc l'écouter?
            LAVRE.
            Ce traitement est rude,
Mais c'est pour le cognoistre auecque certitude,

Car comme Federic s'eſt obſtiné d'abord
A cacher ſa naiſſance & déguiſer ſon ſort,
Que meſme il ne l'aduouë encor qu'auec côtrainte,
Le Roy ne peut aſſez démeſler cette féinte,
Il eſt toûjours en doute , il craint d'eſtre abuſé,
De perdre, au lieu du Prince, vn Prince ſuppoſé,
Et croit s'en éclaircir auec pleine aſſeurance
Par l'eſpoir de la paix & de ſon alliance,
C'eſt ſous ce faux appas qu'il cache ſon couroux.

I S A B E L L E.

I'oſe m'en réjoüir moins pour moy que pour vous.
Il me ſeroit fàcheux de voir le ſang d'vn frere
Eſtre aujourd'huy le ſceau d'vn accord ſi contraire,
Mais quelle indignité ſi de vos plus beaux iours
Vn hymen ſi honteux deshonoroit le cours ?

L A V R E.

Et ſi ce feu caché d'vne inuincible haine,
Ce couroux déguiſé faiſoit toute ma peine ?

I S A B E L L E.

Quelle indigne pitié ſeduiroit voſtre cœur ?

L A V R E.

Celle de voir trahir vn illuſtre vainqueur.
Enfin ſur voſtre eſprit ſi j'ay quelque puiſſance,
Quoy que ſœur de Rodolphe, impoſez vous ſilence.

I S A B E L L E.

Vous pouuez tout ſur moy, mais....

L A V R E.

                              Mais ne ſçait-on pas
Qu'vn ſi preſſant deuoir vange trop ſon trépas ?
Vous ne trouuiez en luy qu'vn cruel aduerſaire.

I S A B E L L E.

Dois-ie eſtre lâche ſœur s'il fut injuſte frere ?

L A V R E.

Non, mais ſi vous m'aimez, par quelle dure loy
Vous ſera-t'il permis de le vanger ſur moy ?

I S A B E L L E

ISABELLE.

Ce difcours me furprend.

LAVRE.

En faut-il dauantage ?
Le fort d'vn malheureux touche vn noble courage,
Déja la Renommée auoit peint à mes yeux
Le Prince Federic illuftre & glorieux,
Mais fi fes grands exploits m'auoient préoccupée,
Mon eftime pour luy n'a point efté trompée,
Il montre en fon malheur, dont il braue l'affaut,
Vne vertu fi pure, vn courage fi haut,
Que ma raifon fur moy n'a point affez d'empire
Pour m'empefcher d'aimer ce que mon cœur ad-
    mire.

ISABELLE.

Vous me parlez de luy fi fauorablement
Que ie foupçonnerois mon propre jugement,   (tre
N'eftoit qu'aux yeux de tous il s'eft fait trop paroî-
Indigne du haut rang où le Ciel l'a fait naiftre,
Chacun remarque en luy des fentimens fi bas ...

LAVRE.

Chacun croit le cognoiftre, & ne le cognoit pas ;
On s'arrefte fouuent aux écorces groffieres,
Mais les yeux d'vne Amante ont bien d'autres lu-
    mieres,   (ftant,
L'amour qui les conduit, pour peu qu'il foit con-
Leur fait voir dans fa fource vn merite éclatant.
C'eft alors que fans honte vne ame s'authorife
A vouloir de fes fens aduoüer la furprife ;
Mais fans cette conduite vn œil mal éclairé
Voit le merite en trouble, & n'eft point affeuré ;
Ainfi ce Federic qu'on traite auec outrage,
N'eft qu'vn faux Federic caché fous vn nuage,
Mais celuy dont mon cœur éprouue le pouuoir,
C'eft le vray Federic que l'amour me fait voir.

                                        F

ISABELLE.

Cette subtilité de vostre amour m'étonne,
Qui met deux Federics dans la mesme personne,
Mais sans examiner vn mystere si haut
Disons que ce qui plaist, est toûjours sans defaut,
Qu'on trouue rarement imparfait ce qu'on aime,
Et . . .

LAVRE.

D'où vient ce soûpir?

ISABELLE.

Ie l'éprouue moy-mesme.

LAVRE.

Quoy! vous pourriez aimer?

ISABELLE.

Voyez que ma rougeur
Condamne la reuolte où s'obstine mon cœur,
Non pas que j'aime encor, mais mon ame surprise,
A trop de complaisance engage ma franchise,
Et dans l'appas flatteur qu'elle craint de bannir,
Ce qui n'est point amour, le pourra deuenir.

LAVRE.

Vous deuriez . . .

ISABELLE.

Ah! ie sçay ce que ie deurois faire,
Ne parler que de pleurs lors que ie perds vn frere,
Ou si ma passion a pour moy quelque appas,
En rougir en secret , & ne l'aduoüer pas ;
Mais enfin plus mon feu se contraint au silence,
Plus j'en sens dans mon cœur croistre la violence,
Et l'Amour en tyran s'y voulant établir,
Ie le pousse au dehors afin de l'affoiblir.

LAVRE.

Ie vous blâmois d'abord de n'auoir sçeu l'éteindre,
Mais ce que vous souffrez me force de vous plain-
    dre.

ISABELLE.

Ah ! si vous me plaignez de souffrir pour aimer,
Oyez pour qui ie souffre, & vous m'allez blâmer.
Ce nouueau Gouuerneur, c'est luy qui m'a sçeu plai-

LAVRE.   (re.

O Ciel ! que dites-vous ?

ISABELLE.

Ce que ie ne puis taire.

LAVRE.

Quoy , celuy que vous mesme auez fait Gouuer-
Celuy dont l'infortune a causé le bon-heur, (neur,
Dont vous m'auez conté la disgrace fatale ?

ISABELLE.

Luy mesme.

LAVRE.

Et vostre cœur jusques-là se rauale ?
Croyez-vous que le Roy, de ses Sujets jaloux,
Puisse approuuer vn choix si peu digne de vous ?
Esperer son adueu, c'est vn abus extrême.

ISABELLE.

Vous pouuez là-dessus vous répondre vous-mesme.
Croyez-vous que le Roy dans sa haine affermy,
Puisse approuuer en vous le choix d'vn ennemy ?

LAVRE.

Ce sont fortes raisons qu'vn fort amour surmonte,
Mais ie voudrois du moins pouuoir l'aimer sans

ISABELLE.   (honte.

Il a trop de vertus pour ne pas présumer
Qu'il soit d'vne naissance à pouuoir m'enflamer,
Que son rang déguisé … mais ie le voy paroistre.

LAVRE.

Pourrois-ie l'obliger à se faire cognoistre ?
Ie vous offre mes soins. —

ISABELLE.

Ah ! Madame.

F ij

LAVRE.

Il ſuffit,
Laiſſez-moy ſeule icy ménager ſon eſprit.

SCENE III.

FEDERIC, LAVRE, IVLIE.

LAVRE.

VOſtre felicité doit eſtre ſans égale,
Pour vous entretenir ie chaſſe vne Riuale,
Mais ce n'eſt toutefois qu'en ſubiſſant la loy
Qui m'oblige pour elle à parler contre moy,
Iſabelle vous aime.

FEDERIC.

Et plûſt au Ciel, Madame,
Qu'elle fiſt ſeule obſtacle au ſuccez de ma flame,
Ie ne me verrois pas dans la neceſſité
De chercher dans la feinte vn peu de ſeureté.

LAVRE.

Son amour la ſoupçonne, & m'a fait trop paroiſtre
Qu'elle ne vous croit pas ce que vous feignez d'e-

FEDERIC. (ſtre

C'eſt par là que Ciel trauerſe mes deſſeins,
Ce ſoupçon dans ſon ame eſt tout ce que ie crains,
Car vous m'auez appris que le Roy veut ma perte.

LAVRE.

Ouy, Prince, il en prendroit l'occaſion offerte,
Ne hazardez donc plus vn ſang ſi precieux,
Et ſans vous découurir, quittez ces triſtes lieux.
Par voſtre éloignement...

FEDERIC.

Esloignement funeste
Qui détruiroit soudain tout l'espoir qui me reste !
Non non, puisqu'vn brutal répond icy pour moy,
Voyons ce qui suiura ce feint adueu du Roy ;
Du moins si la raison ne peut borner sa haine,
La douceur de vous voir soulagera ma peine.

LAVRE.

Et nostre Prisonnier ?

FEDERIC.

Il m'enuoyoit sçauoir
Si vous ne brûliez pas du desir de le voir,
Apres mon Ambassade il est sans défiance,
Et sa credulité... Mais luy-mesme s'aduance.

SCENE IV.

FEDERIC, LAVRE, IODELET, IVLIE, OCTAVE, GARDES.

IODELET *se curant les dents, & parlant
à ses Gardes.*

CEs ragousts m'ont semblé friands & delicats,
Qu'on m'en prépare encor pour le premier
à Laure. (repas.
Ie suis vn peu rondin, aussi, Reyne future,
I'ay fait chere de Prince, & trinqué de mesure,
I'en sens encor pour vous mes desirs plus ardents,
I'y resvois, Dieu me sauue, en me curant les dents,
I'aurois bien pour cela quelque officier en charge,
Mais il faudroit ouurir la bouche vn peu trop large,

Ainſi ie me reſous moy-meſme à les çurer.
Qu'en dites-vous ?

L A V R E.

Qu'en tout il vous faut admirer.

I O D E L E T.

Ce curedent ?

L A V R E.

Il eſt d'vn merueilleux ouurage.

I O D E L E T.

Ie vous en fais preſent au nom de mariage.
Quoy ! vous le refuſez ? ah ! ma foy ie pretens
Qu'en commun deſormais nous nous curions les
      dents,
Si prés du ſacré joug c'eſt bien la moindre choſe.

L'A V R E.

Ie me ſoûmets aux loix que mon deuoir m'impoſe,
Et puiſqu'il m'eſt permis d'en faire icy l'adueu
Ie croirois faire vn crime à vous cacher mon feu.
Ce projet de la paix où voſtre amour s'applique
Me charme tellement...

I O D E L E T.

            Ie ſuis fort pacifique,
Quoy qu'vn foudre de guerre elle ne me plaiſt pas,
Voyez, j'ay bien-toſt mis toute l'armure bas ;
Ces maudits ferremens euſſent remply d'alarmes
Tous ces Amours folets voltigeás dás vos charmes,
Qu'ils voltigent en paix, ces larrons de mon cœur.

Il montre Federic.

Mais que dit-on en Cour de mon Ambaſſadeur !

L A V R E.

Ce qu'il a fait pour vous rend ſa gloire infinie.

I O D E L E T.

Auſſi ie luy promets vne Chambellanie,
Mon Eſcuyer.   O C T A V E.

Seigneur.

I O D E L E T.
Que peut valoir par an
La charge de petit ou de grand Chambellan?
F E D E R I C.
L'honneur de vous seruir rend mõ ame assez vaine.
I O D E L E T.
Non, ie vous feray grand, ou j'y perdray ma peine;
D'aduance, ie vous louë : il est vray que souuent
La loüange des Grands ne produit que du vent,
La recompense est creuse, & non pas si solide
Qu'elle puisse empescher de bien mâcher à vuide;
Mais si mon Tresorier estoit-là, comme non,
Allez, ie vous louërois de la bonne façon.

à Laure.

N'auois-ie pas fait choix d'vn Agent bien fidelle?
L A V R E.
Au moins tout autre à peine eust mõtré plus de zele.
F E D E R I C.
Aussi puis-ie asseurer que chacun ne sçait pas
Combien pour Federic vos vertus ont d'appas.
Brauer d'vn fier destin les plus rudes menaces,
S'exposer pour vous plaire aux plus hautes dis-
graces,
C'est dont il fait sa gloire, & par où son ardeur
Cherche vne illustre voye à toucher vostre cœur.
I O D E L E T.
Il est vray.
L A V R E.
Pour payer vne si belle flame,
Ie puis à Federic ouurir toute mon ame,
Et l'asseurer icy qu'il n'est point de danger
Qu'auec luy mon amour n'aspire à partager,
Que ma foy …
I O D E L E T.
C'est assez, vous m'enchantez l'oreille.

FEDERIC.
Ouy, Federic à peine ose croire qu'il veille,
Et de tant de bontez & surpris & confus,
Dans l'excez de sa joye il ne se cognoist plus.
IODELET.
C'est ce que j'eusse dit, si mon ame extatique
N'eust pas …
FEDERIC.
Ainsi, Madame …
IODELET *à Federic.*
Alors que ie replique,
Sçachez que c'est à vous à tenir le tacet.
à Laure.
Donc beauté …
LAVRE.
Vostre esprit dûst estre satisfait,
Des vœux de Federic, si j'ay sa foy pour gage,
Il possede mon cœur, que veut-il dauantage ?
IODELET.
Que bien-tost. …
FEDERIC.
Ah ! Madame …
IODELET.
Et quoy, plaisant falot,
Vous jaseriez toûjours & ie ne dirois mot.
FEDERIC.
C'est pour vous que ie parle.
IODELET.
Il n'est pas necessaire,
Qui veut parler pour moy, pour moy voudroit plus
FEDERIC *à Laure.*   (faire.
Enfin si son amour s'estoit mal expliqué,
Federic …
IODELET.
Arrestez, c'est trop Federiqué,

Oublieray-ie mon nom ?
FEDERIC.
Madame, il vous adore,
Cet heureux Federic.
IODELET.
Quoy Federic encore ?
FEDERIC.
Ie dis que vous l'aimez & croy vous obliger.
IODELET.
Moy, ie la veux haïr pour te faire enrager,
Au diable le parleur !
FEDERIC.
Les dons qu'elle possede,
Tant de graces . . . .
IODELET.
Et bien, ie la veux trouuer laide,
Elle est sotte, elle est gruë, elle a l'esprit bourru,
La taille déhanchée, & le corps malotru,
Elle a l'œil chassieux, le nez fait en citroüille,
La bouche... pardonnez si ie vous chante poüille,
Ma Reyne, ce faquin m'a tout colerisé,
Il en sera, ma foy, dechambellanisé,
Vous me plaisez pourtant, & ie vous trouue belle.
FEDERIC.
Souffrez que ie vous parle en seruiteur fidelle.
Vn Prince tel que vous sans trahir sa grandeur
Ne peut traiter l'amour que par Ambassadeur.
IODELET.
Est-ce que ie m'abaisse en contant des fleurettes ?
FEDERIC.
Sans doute, & c'est à vous à montrer qui vous estes,
Vous tirer du commun, toûjours graue . . .
IODELET.
En ce cas,
Faites pour moy l'amour, ie n'y resiste pas,

S'entend pour le parler, car pour fuir tout contefte,
Dés lors ma grauité fait arreſt ſur le reſte,
Mais plus de Federic, car ie hay le détour.

FEDERIC.

Ie vous puis donc enfin parler de mon amour,
Princeſſe, mais helas ! quelque ardeur qui m'inſpire,
Ie vous aime, & c'eſt tout ce que ie vous puis dire.
Ie ſens dedans mon cœur vn defordre profond,
Et dans ſes propres vœux luy-meſme il ſe confond,
N'en ſoyez pas ſurpriſe, auſſi bien le ſilence
Fut toûjours des Amants la plus viue éloquence,
C'eſt par là qu'vn beau feu ſe fait mieux remarquer,
Et l'on a peu d'amour quand on peut l'expliquer.

LAVRE.

Ie ſçay trop qu'vn grand cœur croit faire peu de
Si pour l'objet aimé ſa flame . . .   (choſe

IODELET.

Alte, & pour cauſe.
S'il eſt vray, comme il l'eſt, qu'il ſoit de ma gran-
deur
Que ie vous parle icy par vn Ambaſſadeur,   (pliſſe,
I'entens que de tout point ma grandeur s'accom-
Et que vous répondiez par vne Ambaſſatrice,
Tandis qu'ils jaſeront, les poings ſur nos coſtez,
Nous ferons guerre à l'œil ſur nos deux grauitez,
Reculez donc d'vn pas. Vous, joüez de la langue.

IVLIE.

Quoy, Seigneur . . .

IODELET.

Parlez, ſotte, enfilez la harangue.

IVLIE.

Mais, Seigneur . . .

IODELET.

Sçauez-vous que qui me contredit . . .
Parlez, ſotte, vous dis-ie : ah ! la coquine rit ?

à Laure.

Et vous auſſi, ma foy, loin d'en eſtre en colere,
Vous riez, ô beauté plenipotentiaire.
I'aime cette douceur, & j'en augure bien
Dans la proximité du conjugal lien ;
Vous, n'ayant point de fiel, & moy n'en ayant
        gueres,
Les Princes nos enfans feront fort debonnaires,
Et ſi de pere en fils ils ſuiuoient nos leçons,
Nos arriere-neueux feroient de vrais moutons,
Pour nous leurs trifayeuls la gloire en feroit grande.

SCENE V.

FEDERIC, LAVRE, ENRIQVE, IODELET, OCTAVE, IVLIE, GARDES.

ENRIQVE.

LE Roy veut vous parler, Madame.
IODELET.
                        Qu'il attende,
Et voyez moy traiter l'amour auec ſplendeur,
Ie tiens ma grauité, parlez, Ambaſſadeur.
ENRIQVE.
Prince, c'eſt trop enfin, il n'eſt plus temps de feindre,
Craignez du moins pour vous, ſi vous nous faites
        craindre.
LAVRE.
Enrique, quel malheur nous faut il redouter ?

ENRIQVE.

C'eſt dont auecque vous le Roy veut conſulter,
Mais en vain j'en tiendrois la nouuelle ſecrette,
L'ennemy par ſurpriſe eſt entré dans Gayette,
Il s'en eſt rendu maiſtre, & déja pleins deffroy
Les noſtres du vainqueur ſemblent prendre la loy.

L'AVRE.

Vn malheur ſi preſſant demande vn prompt re-
    mede,
Ie vay trouuer le Roy.

FEDERIC.

                    Voy que tout me ſuccede,
Octaue.

IODELET.

    Son depart me ſuffoque la voix,
Fy de la guerre, fy juſqu'à plus de cent fois,
L'Ennemy, quel qu'il ſoit, n'eſt qu'vn ſot mal ha-
    bile.

ENRIQVE.

Quoy, vous mécognoiſſez les troupes de Sicile,
Et feignez d'ignorer, affeĉtant ce couroux,
Que vos propres Sujets ſont armez contre nous?

IODELET.

Mes Sujets! les marauts, que peuuent ils pretendre?

ENRIQVE.

Rompre vne paix concluë.

IODELET.

                    O! que j'en feray pendre.

ENRIQVE.

Forcer voſtre priſon.

IODELET.

                    Ah! cela ne vaut rien,
Dequoy ſe meſlent ils? ie m'y trouue fort bien,
Soit ma table toûjours comme aujourd'huy ſeruie
Et dure ma priſon tout le temps de ma vie.

ENRIQVE

ENRIQVE.

Prince, enfin songez-y, vostre sang répondra
De celuy qu'en ces lieux leur fureur répandra,
Comme vostre ordre seul excite la tempeste,
Si vous ne la calmez, apprestez vostre teste,
Ie parle au nom du Roy.

IODELET.

             Ma teste ? quel abus !
Soit Prince qui voudra, mais ie ne le suis plus.

ENRIQVE.

Quoy, vous n'estes plus Prince ! & vostre propre
      gloire...

IODELET.

Prince tant qu'on voudra pour bien máger & boire,
Mais dés lors qu'il s'agit d'vn saut mal appresté,
Trefve de Seigneurie & de Principauté.

FEDERIC *à Iodelet.*

Si du couroux du Roy vostre ame est alarmée,
Prince, enuoyez Octaue aux Chefs de vostre armée.

IODELET.

Ah ! ie n'ay point d'armée, & n'en auray iamais.

ENRIQVE.

Il faut prendre party, vostre teste, ou la paix.

IODELET.

La paix, & Dieu vous gard.   *il rentre.*

FEDERIC *à Octaue.*

             Pour finir ses alarmes
Allez trouuer vos Chefs, qu'ils mettent bas les ar-
Vostre retour pourra dissiper son effroy.   (mes,

ENRIQVE *à Octaue.*

Venez donc prendre escorte & les ordres du Roy.

Fin du quatriéme Acte.

G

ACTE V.

SCENE PREMIERE.

FEDERIC, OCTAVE.

FEDERIC.

Qve ton adreſſe, Octaue, a bien ſeruy ma

OCTAVE.   (flame!

Seigneur, comme ie ſçay le ſecret de
voſtre ame,
I'aurois trahy l'eſpoir de vos plus doux ſouhaits,
Si ie n'auois leué tout obſtacle à la paix.
Elle regne à Gayette, on y voit tout tranquille,
Sans deſordre, & nos Chefs preſts à rendre la ville.

FEDERIC.

Sans doute qu'auec joye ils ont ſçeu t'écouter?

OCTAVE.

Ils tiennent le Conſeil afin de deputer,
C'eſt ce qu'attend le Roy; mais ie me perſuade
Que l'Infant a deſſein d'eſtre de l'Ambaſſade.

FEDERIC.

Quoy, mon frere luy meſme?

OCTAVE.

Ouy, ſi j'en ſçay juger,
Vous ſeruir eſt vn bien qu'il craint de partager,

Il s'en veut à luy seul reseruer l'aduantage.
FEDERIC.
Mais vn Chef de party s'exposer sans ostage!
OCTAVE.
Quand on le cognoistroit, Gayette entre ses mains
Est vn puissant obstacle à d'injustes desseins.
FEDERIC.
Mais d'où peut-il si-tost auoir sçeu ma disgrace?
OCTAVE.
A dire vray, Seigneur, c'est ce qui m'embarasse.
FEDERIC.
Tu n'en as rien appris?
OCTAVE.
                    Pour oser rien de moy
I'estois trop écouté des Enuoyez du Roy.
FEDERIC.
Donc il ignore encor quel heureux stratagême
Me rend dans ce Château Geolier de moy-mes-
me?
OCTAVE.
Ouy, Seigneur, il l'ignore.
FEDERIC.
                    Attendant ton retour,
Pour ne rien hazarder, j'ay fait agir l'amour,
Par cette passion fortement restablie
I'ay de nostre brutal réueillé la folie,
Il se croit toûjours Prince, & son esprit remis,
Se flatte de l'espoir du bien qui m'est promis.
OCTAVE.
Qu'il s'en flatte à present autant que bon luy sem-
ble,
La Fortune vous rit.
FLORE *à Isabelle, qui paroist & s'arreste*
à l'entrée du Theatre.
Madame, ils sont ensemble.

F E D E R I C.

Tu dis vray, cher Octaue, & voicy l'heureux iour
Où Federic doit voir couronner son amour,
Hâtons par nos souhaits le bon-heur qu'il espere.
O C T A V E.

C'est ce que vous deuez au Prince vostre frere,
La Sicile iamais ne peut trop dignement ...
F L O R E *à Isabelle.*
Ils vous ont apperceuë, aduancez promptement.

SCENE II.

FEDERIC, ISABELLE, FLORE, OCTAVE.

I S A B E L L E.

S Ans trouble de ma part vous pouuez satisfaire
A ce que vous deuez au Prince vostre frere.
La Sicile iamais n'eust vn sort plus heureux,
Si le Prince est adroit, l'Infant est genereux.
F E D E R I C.
Madame.
I S A B E L L E.
J'auois sçeu déja de la Princesse
Qu'en ces lieux Federic n'agit que par adresse,
Qu'il fait paroistre exprés vn esprit peu discret,
Et voila que j'apprens le reste du secret.
Sans vostre longue feinte, à present inutile,
J'aurois moins fait d'outrage à l'Infant de Sicile,
Le faisant Gouuerneur ie ne m'étonne pas
Si sa haute vertu fuyoit vn rang si bas,

Ce qui peut l'obscurcir, vn grand cœur le refuse.
FEDERIC *à Octane.*
Elle me croit l'Infant, souffrons qu'elle s'abuse.
à Isabelle.
Le trouble où me reduit mon indiscretion,
Ioindroit à ma surprise vn peu d'émotion,
Si ce que de mon rang ie viens de vous apprendre,
Sur vn autre que vous auoit pû se répandre ;
Mais vos bontez, Madame, ont trop paru d'abord
Pour rien craindre à vous voir maistresse de mon
Et vous n'auez appris par cet adueu sincere,   (sort,
Qu'vn secret que ce cœur auoit peine à vous taire.
ISABELLE.
C'estoit vous faire effort que de me le cacher,
Et pour le découurir, il faut vous l'arracher ?
FEDERIC.
Vn peu de défiance est-elle condamnable ?
ISABELLE.
Federic criminel rend-il l'Infant coupable ?
FEDERIC.
Son interest du mien ne se peut separer.
ISABELLE.
D'vne ame genereuse on peut tout esperer.
FEDERIC.
Aussi vostre vertu que ie choisis pour guide,
A mon sang aujourd'huy me rend presque perfide.
Du Prince Federic on menace les iours,
Il est en mon pouuoir de luy prester secours,
Iamais l'occasion ne s'en montra si belle,
Et j'ose le trahir pour vous estre fidelle.
ISABELLE.
C'est par de grands effets qu'vn grand cœur se fait
      voir.
FEDERIC.
Laissez-moy donc fléchir vn rigoureux deuoir.

Quoy que de Federic ait merité l'audace,
Forcez voftre couroux à m'accorder fa grace.
Si le trait qui vous bleffe eft party de fa main,
Accufez fon malheur pluftoft que fon deffein,
Et ne le priuez pas de la douceur extrême
D'en ofer efperer le pardon de vous mefme.

ISABELLE.

De moy qu'il a traitée auec indignité?

FEDERIC.

C'eft vn déguifement qui fait fa feureté,
Il fçaura l'éclaircir, mais quoy que l'on prépare,
La paix fera concluë auant qu'il fe declare,
N'y mettez point d'obftacle, & ceffez aujourd'huy
D'agir contre moy mefme agiffant contre luy.

ISABELLE.

Puifqu'à fon intereft le voftre fe mefure,
Ie veux bien confentir d'oublier mon injure,
Mais quand j'ofe étouffer vn fi iufte couroux,
Prince, daignez fonger que ce n'eft que pour vous.

FEDERIC.

Ah ! fi ie puis iamais en perdre la memoire…

ISABELLE.

L'effet m'affeurera de ce que j'en dois croire,
Mais le Roy vient.

FEDERIC.

　　Enfin j'ofe efperer vn bien…

ISABELLE.

Songez à moy, de grace, & ne doutez de rien.

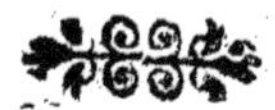

SCENE III.

LE ROY, ISABELLE, FLORE, SANCHE, Suitte.

LE ROY.

PRincesse, le Ciel sçait que de vostre infortune,
  Auec vous aujourd'huy la douleur m'est com-
Rodolphe m'estoit cher, & j'auois pretendu (mune,
Que le sang satisfist à son sang épandu,
Mais si sa triste mort me pousse à la vangeance,
Le peril de l'Estat m'en met dans l'impuissance,
Et mon peuple alarmé semble me condamner
A receuoir les loix que ie pensois donner.

ISABELLE.

Sire, quoy que ie doiue à l'interest d'vn frere,
Ie dois plus à mon Roy, seul ie le considere,
Et croirois de ma gloire obscurcir tout l'éclat,
Refusant mon injure au bien de son Estat.

LE ROY.

Non, ie n'accepte point la paix qui m'est offerte
A moins que Federic repare vostre perte,
Il le peut, il le doit; mais le dédirez vous
Si vous ostant vn frere, il vous rend vn époux?
Quoy que son attentat merite vostre haine,
Son aigreur doit ceder à l'espoir d'estre Reyne,
Et l'hymen qui vous porte à cet illustre rang,
Efface vostre injure au defaut de son sang.

ISABELLE.

Quand j'aurois fait paroistre vne ame assez legere
Pour faire mon époux de l'assassin d'vn frere,

Quand ce cœur deuiendroit affez lâche, affez bas,
L'intereft de l'Eftat ne le fouffriroit pas.
Affez & trop long-temps vne funefte guerre,
Par de longues horreurs defole cette terre,
Il eft temps que la paix étouffant vos difcords
Eftale dans ces lieux fes plus charmants trefors,
Mais pour ne craindre plus qu'aucun trouble re-
    naiffe,
Il faut que Federic époufe la Princeffe,
Et que par cet hymen vos deux Sçeptres vnis
Rendent cette paix ferme & tous nos maux finis.

L E R O Y.

Cependant la Sicile auroit cet auantage
D'auoir porté fur vous les effets de fa rage,
Et quand il faut conclure vn accord glorieux,
Sur ce qu'elle vous doit ie fermerois les yeux ?

I S A B E L L E.

Enfin fi vous jugez que pour y fatisfaire
Elle me doiue rendre vn époux pour vn frere,
Si le traité de paix me force à l'accepter,
L'Infant feul eft celuy que ie puis écouter.

L E R O Y.

L'Infant ! quelle raifon à ce choix vous engage ?

I S A B E L L E.

Vous pourrez de luy-mefme en fçauoir dauantage
Pour feruir Federic il cache fa grandeur,
Et vous le trouuerez dans fon Ambaffadeur.
I'en ay trop dit, peut eftre, & ma rougeur me chaffe

elle rentre.

L E R O Y *à Sanche.*

Admire où me reduit ma nouuelle difgrace,
Lors que ie penfe rompre vn hymen que ie crains
Vn obftacle impréueu s'oppofe à mes deffeins,
I'en voy par cet adueu le projet inutile.

SCENE IV.

LE ROY, ENRIQVE, SANCHE,
Suitte.

ENRIQVE.

Sire, vn Ambaſſadeur au nom de la Sicile.
   LE ROY *à Sanche.*
Son abord en rendra le ſecret éclaircy,
Allez le receuoir, nous l'attendrons icy.
    Sanche rentre.
Enrique, on me trahit, tout conſpire ma honte,
De tant de vœux offerts le Ciel tient peu de conte,
Et cet Ambaſſadeur que l'on va receuoir
Forme vn ſecret obſtacle à mon dernier eſpoir,
C'eſt l'Infant de Sicile, & c'eſt par ſes pratiques
Que les malheurs publics ſont joints aux domeſti-
  ques,
Pour ſurprendre Gayette, & s'en aſſeurer mieux,
Il auoit ſçeu paſſer incognu dans ces lieux,
Il n'en faut point douter, mais apprens ce qui
  reſte.
Pour fuir vne alliance à mon honneur funeſte,
J'ay voulu d'Iſabelle éblouïr le couroux,
Et luy faire accepter Federic pour époux,
Mais las ! j'ay trop cognu qu'vne ſecrette flame
En faueur de l'Infant ayant ſeduit ſon ame,
Rend ma pourſuite vaine, & luy fait en ce iour
Preferer à ſa gloire vn intereſt d'amour.

ENRIQVE.

Sire, ces nouueautez ont droit de vous surprendre
Mais que peut l'Ennemy quoy qu'il ose entreprédl
Puisqu'enfin Federic ne borne ses souhaits
Qu'à vous rendre aujourd'huy l'arbitre de la paix

LE ROY.

I'entiendrois l'esperance aussi douce qu'heureuse
Si la condition en estoit moins honteuse,
Mais m'oser allier d'vn Prince si brutal,
Qu'on ne voit rien en luy qui marque vn san
    Royal,
Car enfin tu le sçais, que son extrauagance
M'ayant fait dés l'abord douter de sa naissance,
Ie n'ay flatté ses vœux que pressé du soupçon
Qu'il prist à faux d'vn Prince & le rang & le nom

ENRIQVE.

Le peril l'étonnoit, mais la paix que l'on traite
Remettra son esprit dans sa premiere assiette.

LE ROY.

Dans quelque haut peril qu'on soit precipité,
Desauoüer son rang est toûjours lâcheté,
Et iamais aux grands cœurs leur vertu ne reproch
Qu'ils puissent... mais déja l'Ambassadeur s'appro
    che,
Auant que rien resoudre il doit estre écouté.

SCENE V.

LE ROY, EDOVARD, ENRIQVE, SANCHE, Suitte du Roy, & d'Edoüard.

EDOVARD.

Sire, mon ordre est sçeu de vostre Majesté,
Le Prince Federic dont ie soûtiens la cause
Vous fait parler de paix, & ie vous la propose.

LEROY.

On ne peut la traiter auec plus de splendeur,
Si l'Infant de Sicile en est l'Ambassadeur,
Prince, ne cachez plus ce qu'on a sçeu cognoistre.

EDOVARD.

Puisque ie suis cognu, ie fais gloire de l'estre,
L'honneur me le commande, il luy faut obeïr,
Et dûst la foy publique en ces lieux me trahir,
La gloire d'estre Prince à mon cœur est trop chere,
Pour n'en pas aduoüer le noble caractere.

LEROY.

O d'vn cœur vrayment haut illustres sentimens!

EDOVARD.

La vertu n'authorise aucuns déguisemens.

LEROY.

Que n'ose Federic en rendre témoignage!

EDOVARD.

C'est le rendre assez grand qu'oublier son outrage,
Et tout prest par la force à s'en faire raison,
Ne se pas souuenir d'vne injuste prison.

LE ROY à Enrique.

Faites venir le Prince. Attendant qu'il paraiffe,
Quelque jufte foupçon que fa feinte me laiffe,
Ie veux bien condamner ces maximes d'Eftat
Qui m'ont peint fa victoire ainfi qu'vn attentat,
Et quoy qu'vn ennemy foit l'autheur de ma perte,
Me plaindre feulement du Ciel qui l'a foufferte.
Mais fi pour le noircir d'vn reproche eternel,
Son triomphe fanglant n'a rien de criminel,
A quoy bon Federic déguifant fa naiffance,
D'vn honteux defaueu foüiller fon innocence?
De quelle vaine peur ce Prince combattu
Ofe-t'il renoncer à fa propre vertu?
Car enfin on le voit en ternir tout le luftre,
Federic, ce feul nom eft ce qu'il a d'illuftre,
Et tout fon procedé le dément à tel point,
Qu'en luy ie cherche vn Prince, & ne l'y trou-
    point.

EDOVARD.

Ou la haute vertu n'eft point icy cognuë,
Sire, ou de paffion voftre ame eft préuenuë,
Puifqu'enfin Federic, pour eftre malheureux,
Ne fçauroit ceffer d'eftre & grand & genereux.

LE ROY.

Comme de la vertu le pouuoir eft extrême,
Ie luy rendrois iuftice en mon ennemy mefme,
Elle ne peut jamais rien perdre de fon prix,
Et ie vous l'aduoüeray, Federic m'a furpris.
Du bruit de fes exploits mon ame trop charmée
Attendoit qu'il remplit toute fa renommée,
Quand à l'afpect d'vn Roy qu'il trouble en f
    Eftats
Ce cœur toûjours fi haut a paru lâche & bas,
Et laiffé fans obftacle emporter la balance
A l'indigne frayeur de ma jufte vangeance.
               EDOVARD

EDOVARD.

Si son cœur iusques-là s'est osé démentir,
Qu'à cette indigne crainte il ait pû consentir,
Si la vie est vn bien qu'à l'honneur il préfere,
Ce lâche Federic ne peut estre mon frere,
Et l'heur de la Sicile est trop grand sous nos loix
Pour voir vn sang impur dans celuy de ses Rois.

LE ROY.

Aussi lors que j'ay veu qu'vn honteux stratagême...
Mais le voicy qui vient.

Iodelet paroist au fond du Theatre auec Federic & Enrique.

EDOVARD.

Il est vray, c'est lûy mesme,
Mais enfin dans mon cœur sa vertu le défend.

IODELET *à Enrique, montrant Edoüard.*

Et ce nez aquilin est mon frere l'Infant?

LE ROY.

De peur que ma presence icy ne l'embarasse
Ie veux bien m'éloigner, & luy ceder la place,
Vous voyant seul peut-estre il se contraindra moins.
Gardes, retirez-vous, läissez-les sans témoins,
Et vous, écoutez-moy.

Le Roy sort, parlant auec Federic.

EDOVARD.

La surprise est nouuelle,
Le Roy mande le Prince, & soudain le rappelle.

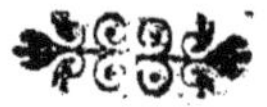

H

SCENE VI.

EDOVARD, IODELET,
Suitte d'Edoüard.

IODELET.

VOus me cherchez de l'œil sans douté, & me
　　voila.
Embrassez-moy la cuisse, Infant, embrassez-la.
Encor que vostre guerre en ce point mal-hôneste
D'vn saut fort perilleux ait menacé ma teste,
Saut, dont toute ma vie on m'eust veu repentir,
Ie vous fais grace, allez, bon sang ne peut mentir.
EDOVARD.
Que veut dire cecy?
IODELET.
　　　　Si vous n'estes point louche,
Du moins vous auez l'œil honnestement farouche,
Et vous m'enuisagez d'vn certain lorgnement
A vous faire traiter peu fraternellement.
EDOVARD.
Quoy, pretend-on en jeu tourner mon Ambassade
IODELET.
Donc au lieu de venir me donner l'accolade,
D'embrasser cette cuisse & ce bras triomphant,
Vous faites le badin, petit cadet Infant?
EDOVARD.
Sçauez-vous qui ie suis pour parler de la sorte?
IODELET.
Vous estes vn Infant mal-nourry, mais n'importe

en cognois l'encloüeure, & ie sçay bien par où
Vous faire deuenir vn peu moins loup-garou.
                    EDOVARD.
Ce discours insolent . . .
                    IODELET.
                  Insolent ! patience.
Vous pourrez tout du long rengaîner l'insolence,
Et quand nous conterons ensemble ric à ric,
Cognoistre de quel bois se chauffe Federic.
                    EDOVARD.
Federic !
                    IODELET.
            A ce nom quelle mine vous faites !
Il n'est donc pas encor écrit sur vos tablettes,
Et vous pretendriez le défraterniser ?
                    EDOVARD.
Iamais confusion . . . .
                    IODELET.
                Il ne faut point jaser ;
Tost, implorez ma grace, autrement mon Altesse
Pourroit apprendre à viure à vostre petitesse.
                    EDOVARD.
Mais . . .
                    IODELET.
            Mais vous raisonnez peut-estre à vostre dam,
Qui mécognoist son frere est digne du carcan,
Et si ie lâche vn mot . . .
                    EDOVARD.
                Quoy, vous estes mon frere ?
                    IODELET.
Ouy dea, c'est moy qui suis le fils du Roy mon
        pere,
Federic.

                    EDOVARD.
    Depuis quand ?
                              H ij

IODELET.

Ie le fuis, il fuffit,
Peu m'importe de quand, puifque chacun le dit,
Et comme pour garand j'en ay la foy publique,
Si vous eftes le feul qui me défederique,
I'incague vos raifons preftes à m'alleguer
Autant de fois qu'il faut pour les bien incaguer.

EDOVARD.

Quelle furprife!

IODELET.

Et quand auec fa dent felonne
Ce Sanglier fur moy vint luy-mefme en perfonne.
Ah! vous me regardez au nom du Sanglier?

EDOVARD.

Fut-il iamais vn fou....

IODELET.

Quoy, vous m'injurier?
Vous, que ie puis fur l'heure.... hola mes gens, mes
Gardes.

SCENE VII.

LE ROY, EDOVARD, LAVRE, IODELET, Suitte d'Edoüard, GARDES.

VN GARDE.

Seigneur.

IODELET.

Eftre vn Infant, vous fauue cent nazardes,
Car me deuant refpect, & l'ayant mal gardé,
Le moindre châtiment c'eft d'eftre nazardé.

LE ROY *à Edoüard*.

Et bien Prince ?

IODELET.

Ma foy, cet Infant qu'on me baille,
N'en déplaise aux baillans, n'est qu'vn vray rien
    qui vaille,
Ie le veux dégrader pour son peu de respect.

EDOVARD.

Est-ce pour me joüer …

IODELET.

Ah ! vous m'estes suspect,
Taisez-vous.   *à Laure.*

Vous voyez, ô beauté conjugale,
Côme à vous voir soudain mon couroux se rauale,
Cet Infant m'auoit mis tout sens dessus-dessous,
Mais ie me radoucis estant auprés de vous.

LE ROY *à Edoüard*.

Prince, apres cet adueu qu'il fait de sa bassesse,
Croyez-vous Federic digne de la Princesse ?
Car j'atteste le Ciel que si dans ce haut rang
Sa vertu répondoit à l'éclat de son sang,
Ie verrois auec joye vne illustre alliance
D'vne guerre si longue étouffer la semence.

EDOVARD.

Sire, à ce que ie voy nous nous entendons mal,
Qu'a de commun le Prince auecque ce brutal ?

IODELET.

Qu'on oste de mes yeux cet Infant qui blaspheme.

LE ROY.

N'est-ce pas Federic ?

EDOVARD.

Luy Federic ?

IODELET.

Moy-mesme.
Ah, maudit renegat de consanguinité.

EDOVARD.

Quoy, cet extrauagant, cet efprit emporté
Paſſe pour Federic !

IODELET.

Voyez le miferable,
Ces cadets la plufpart ne valent pas le diable,
Sur l'aifnefſe à tous coups ce ſont loups acharnez.

EDOVARD.

Il montre ſa folie & vous la ſoûtenez.

LE ROY.

Mais vous meſme d'abord l'auez ſçeu recognoiſtre

EDOVARD.

Ouy, le vray Federic, qu'on le faſſe paroiſtre.

LE ROY.

Quel autre Federic ſe trouue en mon pouuoir ?

EDOVARD.

Peut-on me le cacher ſi ie viens de le voir ?

LE ROY.

Où ?

EDOVARD.

Dans ce meſme lieu.

LE ROY.

Prince, croyez de grace...

EDOVARD.

Sire, ie le reuoy, ſouffrez que ie l'embraſſe.

LE ROY.

Iuſte Ciel !

IODELET.

L'on cognoiſt fort mal les gens d'honneur,
Preferer à moy Prince vn chetif Gouuerneur !

SCENE VIII.

LE ROY, FEDERIC, EDOVARD, LAVRE, ENRIQVE, SANCHE, OCTAVE, Suitte.

FEDERIC.

Sire, c'est trop enfin pour vne ame bien née,
Aux yeux d'vn si grand Roy cacher ma destinée,
Cognoissez Federic, & voyez en ce iour
S'il faut punir son crime ou payer son amour.

LE ROY.

Vous estes Federic?

IODELET bas.

Trefve icy d'incartade.

FEDERIC.

Ie n'en veux pour témoin que ma seule Ambassade,
I'y parlois pour moy-mesme.

IODELET bas.

A la fin ie crains bien
D'auoir en mesme iour esté Cesar & rien.

LE ROY.

Vous estes Federic? surprenante aduanture!

IODELET bas.

Tout cecy pour mon regne est de mauuais augure.

FEDERIC.

Ie sçay trop, quelque espoir dont j'ose me flatter,
Que la mort de Rodolphe y semble resister,
Mais si de cette mort vostre couroux m'accuse,
I'adore la Princesse, & c'est là mon excuse.

I'ay crû qu'à trop d'orgueil il ofoit fe porter,
Soûtenant que luy feul la pouuoit meriter,
Mon amour a voulu luy rauir cette gloire,
Vous fçauez fon malheur, vous fçauez ma victoire,
Il pouuoit tout pretendre appuyé de fon Roy,
Mais apres que le Ciel s'eft declaré pour moy,
Si vous me refufez cette illuftre conquefte,
Pour fon fang épandu ie vous offre ma tefte.
                    LE ROY.
Non non, quoy que Rodolphe ait fur moy de pouuoir
Ie ne condamne plus vn legitime efpoir,
I'ay voulu le vanger, & ie l'ay fait paroiftre
Quand j'ay crû fon vainqueur fi peu digne de l'eftre,
Mais puifqu'enfin ie fors de mon aueuglement,
Pour arrhes de la paix foyez heureux Amant.
                    FEDERIC.
Ah! Sire, c'eft beaucoup, mais l'ardeur qui me preffe
Ofe icy demander l'adueu de la Princeffe.
                    LE ROY.
Son cœur auec plaifir voit le voftre charmé,
Vous auez trop d'amour pour n'eftre pas aimé.
                    LAVRE.
Seigneur …
                    LE ROY.
          Non, ie veux bien vous épargner la honte
D'aduoüer vne ardeur peut-eftre vn peu trop prom-
          pte.
Mais toy qui te dis Prince, & qui fçais cependant…
                    IODELET.
Sire, ie ne le fuis qu'à mon corps defendant.
                    LE ROY.
Cet habit te conuainc d'vne trame fecrette.
                    IODELET.
C'eft vn habit d'emprunt que le hazard me prefte.

FEDERIC.

En effet c'est celuy que moy-mesme à dessein
J'auois abandonné dedans ce bois prochain,
Il l'a trouué sans doute, & suiuy son caprice.

LE ROY.

Mais oser m'abuser !

IODELET.

   Ma foy, c'est sans malice,
Car, & chacun le sçait, combien j'ay contesté
Pour secoüer le joug de la Principauté,
J'en ay senty long-temps remords de conscience,
Mais enfin ie songeois à prendre patience,
Et puisqu'on m'y forçoit ie m'estois resolu
De vouloir estre Prince autant qu'on l'eust voulu,
J'entrois en goust, ma table estoit fort bien garnie…

FEDERIC.

Va, tu n'y perdras rien que la ceremonie,
Sois à moy desormais, & ne t'épargne point;
Mais comme mon bon-heur se trouue au plus haut
  point,
Prince, & que c'est par vous…

EDOVARD.

    Cette recognoissance
Pour vn foible seruice est trop de recompense.
Apprenez seulement qu'en ces lieux à l'enuy,
J'auois des espions qui vous ont bien seruy.

LE ROY.

Ie n'examine point la pratique secrette
Qui sous vostre pouuoir a si-tost mis Gayette,
En faueur de la paix ie veux tout oublier.

FEDERIC.

Cependant j'ay besoin de me justifier,
De reuoir Isabelle, & de la satisfaire.

LE ROY.

Vous pouuez luy donner vn frere pour vn frere.

EDOVARD.

Ah ! Sire.

LE ROY.

Elle n'eſt pas indigne de vos vœux.

FEDERIC.

Cet hymen de la paix affermiroit les nœuds,
Prince, conſentez-vous à m'acquitter vers elle ?

EDOVARD.

Vous me cognoiſſez trop pour douter de mon zele,
Mais c'eſt à la Sicile à diſpoſer de moy.

LE ROY.

Ie ſçay qu'il faut ſçauoir les volontez du Roy,
Allons y donner ordre, & que chacun s'applique
A rendre dans ces lieux l'allegreſſe publique.

FIN.

9 782019 972028